驴子的回忆

〔法〕塞居尔夫人／著　子 炎／绘　衣／译

GUANGXI NORMAL UNIVERSITY PRESS
广西师范大学出版社
·桂林·

驴子的回忆

Lüzi de Huiyi

出版统筹：汤文辉
策划监制：柳　漾
编辑总监：周　英
项目主管：孙才真
责任编辑：陈诗艺　孙才真
封面设计：李　坤
美术编辑：李　坤　邓　莉
责任技编：李春林

图书在版编目（CIP）数据

驴子的回忆／（法）塞居尔夫人著；子炎绘；马爱农译．--桂林：广西师范大学出版社，2016.5（2019.3 重印）
（魔法象．故事森林）
书名原文：Memoirs of a Donkey
ISBN 978-7-5495-8187-0

Ⅰ．①驴…　Ⅱ．①塞…②子…③马…　Ⅲ．①童话－法国－近代　Ⅳ．①I565.88

中国版本图书馆 CIP 数据核字（2016）第 102910 号

广西师范大学出版社出版发行
（广西桂林市五里店路 9 号　邮政编码：541004
网址：http://www.bbtpress.com）
出版人：张艺兵
全国新华书店经销
河北远涛彩色印刷有限公司印刷
（河北省石家庄市栾城区冶河村　邮政编码：050000）
开本：880 mm × 1 240 mm　1/32
印张：5　　字数：79 千字
2016 年 5 月第 1 版　　2019 年 3 月第 3 次印刷
定价：26.80 元

译者序

《驴子的回忆》是我近二十年前翻译的一部小说，这部小说是一头名叫卡迪肖的驴子的自述，以朴实的语言记叙了卡迪肖的所见所闻和它经历的人间百态。这头聪明善良、充满灵性的驴子，给我留下了十分深刻的印象。这么多年来，我经常想起书中那些令人难忘的故事，想起人与动物相处时以真心换真心的可贵情意，以及法国乡村淳朴可爱的民风……这次再版，我又把这部世界儿童文学名著重新读了一遍，再次被书中有趣的故事情节和幽默风趣的文字所打动。

这本书的作者是法国作家塞居尔夫人（La Comtesse de Ségur，1799~1874）。塞居尔夫人出生于圣彼得堡，是沙皇保罗一世的外交大臣的女儿。1819年，她随哥哥离开俄国，定居法国，嫁给了法国人塞居尔伯爵，居住在法国奥恩省的一处别墅。婚后的生活是孤单冷清的，她远离故乡，得不到亲人的关爱，心情十分苦闷、忧郁，便将许多时间和精力都放在孩子们身上。她经常编故事，讲给孩子们听，慢慢地，这些故事具有了一定的规模，她便将它们汇编成故事集出版，取名为《傻瓜写的故事》，很快受到广大读者尤其是小读者们的热烈欢迎。此后，她陆续创作了《模范少女》(1858)、《假期》(1859)、《驴子的回忆》(1860)、《苏菲的不幸》三部曲（1864)、《抱怨的让和欢笑的让》(1865）和《杜拉金将军》(1866）等儿童文学作品。她从法国乡村优美如画的风景和孩子们纯朴稚嫩的天性中汲取灵感，作品风格朴实、清丽，蕴含着淡淡的诗意。她创作的儿童故事情节生动活泼，人物对话灵活而幽默，包含着深刻的教育意义，启发儿童过一种健康向上、重视美德情操的生活。

书中这头名叫卡迪肖的驴子，聪明能干、善解人意，可是命运多舛。它原先的主人是个又凶狠又挑剔的农妇，常常让它驮很沉重的东西，脊背都要被压断了，还被催着快走快走，“嘴里骂出的粗话我听了都脸红，尽管我只是头驴子”，“每次，我心里总是憋满了怒火，却不敢表现出来，我害怕吃棒子。我的女主人有一根很粗的棒子，上面还有好多疙瘩，打在身上生疼生疼的”。有一天，它实在忍无可忍，就逃脱出来，在乡野和树林里流浪，经历了许多新鲜而有趣的事情，也常常被人间的真善美所打动。最后，它被一位好心的老奶奶收留，并和这家的孩子们交上了朋友。

卡迪肖在每一位新主人家里都很受喜欢，为主人做了许多好事。火灾中，它用牙齿咬住几乎不省人事的小姑娘，跨过倒在地上还在燃烧的房梁，挽救了小姑娘的生命；它参加驴子赛跑获得第一名，为素不相识的大娘赢得一块金表和一百三十五个法郎；它发现了偷驴子的强盗，机智地帮助警察破了案，擒获了多名强盗，救回了被盗的驴子和被抓的观光旅游者……

卡迪肖做的这些好事，为它赢得了荣誉。但它也曾因骄傲和缺乏同情心，做了一些坏事，一度失去了大家的信任。

猎狗梅达尔是卡迪肖患难与共的好朋友。它们同在一户人家时，梅达尔经常把自己的面包省下来给卡迪肖吃，它们还经常在一起交谈。“我们交谈着，别人却听不见，因为我们进行的是无声的交谈。我们这些动物不像人类那样用嘴说话，但是我们只要眨眨眼睛，点点头或摇摇头，扇扇耳朵或摇摇尾巴，就了解对方的意思了。我们交谈得一点儿不比人类差。”梅达尔就是这样的一位好朋友，却被初次参加打猎的男孩奥古斯特一枪打死。卡迪肖恨死了奥古斯特。有一天，趁奥古斯特骑在它身上时，卡迪肖把他掀入了臭气熏天的淤泥中，为好朋友报了仇。

这件事之后，人们对卡迪肖的态度有了明显的变化，好像都在躲避它，孩子们也不敢再跟它一起玩耍。卡迪肖渐渐认识到自己错了。“因为当时我没有一颗仁慈的心，还没有学会宽厚待人。”“如果我能说话，我就会告诉他们我内心的后悔”，“我将来一定乖乖的，不再犯错误”。

书中塑造了许多生动逼真、性格各异的人物形象，凶狠的女主人、善良柔弱的小姑娘波利娜、开朗豪爽的特朗歇大娘、慈祥的老奶奶、自以为是的男孩奥古斯特、愚昧势利的“驴博士”主人……作品以驴子卡迪肖的眼光，对这些人物做出了评判。

歌颂爱心和仁慈是这部童话的主题。人与动物之间，人与人之间，都应该互相爱护，才能共同营造一个和睦温馨的世界。书中的卡迪肖说过这样的话：“凶？如果一头驴子能得到温柔的对待，它是绝不会凶的。”

在生活中，只有自己付出爱心，才能换取对方的爱心。

人与动物之间是这样，人和人之间也是如此。

《驴子的回忆》不仅情节生动有趣，而且富有浓郁的田园风味，令人神往。法国乡村的生活简单淳朴，风景优美恬静。小读者在阅读中不仅可以欣赏到有趣的故事，获取教益，还可以在这种田园诗般的氛围中，得到愉快的精神享受。

马爱农

目录

1 集市

人们没有必要知道驴子知道的一切。你们，读这本书的小朋友们，肯定不了解，而我所有的驴子朋友都知道，每个星期二在莱格尔小城都有一个集市，人们出售蔬菜、黄油、鸡蛋、奶酪、水果和其他好东西。对于我那些可怜的弟兄来说，星期二是最受折磨的日子。以前，在我没有被现在这位善良和年迈的女主人、你们的奶奶买来的时候，我也过着那样的生活。现在我住在老奶奶的家里，而当年，我的前主人是一个又凶狠又挑剔的农妇。我亲爱的小读者，你们想象一下吧，她的心肠是多么地狠。她把一星期来所有的鸡鸭下

的蛋，所有的母牛挤出的奶做成的黄油和奶酪，还有地里长出的所有瓜果蔬菜都装在箩筐里，再把满满的箩筐压在我的背上。我已经被压得迈不开步子了，这个恶女人自己还要一屁股坐在箩筐上。我承受着这么大的重量，脊背都要被压断了，她还逼着我快走快走，一直走到离农庄八里远的莱格尔集市。每次，我心里总是憋满了怒火，却不敢表现出来，我害怕吃棒子。我的女主人有一根很粗的棒子，上面还有好多疙瘩，打在身上生疼生疼的。每当我听到和看到她在做赶集的准备，我就叹气、呻吟、大声喊叫，希望能够感动她发发慈悲。

“走吧，大懒虫，”她一边找我，一边说，“闭嘴吧，你这难听的大嗓门，要把我们的耳朵震聋了。”

“呜！吭！呜！吭！”

“你给我们演奏的这段音乐还不错！于勒，好儿子，把那个懒畜生牵到门边，你妈我要往它背上装货了！……来！一筐鸡蛋……还有一筐！奶酪、黄油……这是蔬菜！……好了！这些货物真不错，准能给我们换回几个五法郎的硬币。玛里爱特，好闺女，拿张椅子来，让妈踩着坐上去！……好极了！……”

“上路吧，一路顺风，我的老太婆，让这头懒驴子快走。拿着，这是木棒，你在上面打它。”老头子说。

“梆！梆！”

“好极了！再让棒子跟它亲近亲近，它就迈得开步子了。”

“啪！啪！”

棒子不停地打在我的腰上、腿上、脖子上。我奔呀跑呀，几乎是驴不停蹄，可农妇照打不误。真残酷，真不公平，我满腔怒火，真想一尥蹶子，把我的女主人摔到地上。可是我背上的东西太沉了，我只能跳两下，左右摆摆身子。好！我感到她滚下去了，心里快活极了。

“坏驴子！呆畜生！死不开窍的东西！我要教训教训你，让你好好吃一顿棒子。”

她打我打得真厉害呀，我简直走不到城里了。好不容易到了目的地，那些箩筐才从我那可怜的、磨破了皮的背上被搬下，摆放在地上。我的女主人把我拴在一根柱子上，自己去吃午饭了。我又饿又渴，可连一根草、一滴水也没人给我。趁农妇不在，我悄悄地挨近蔬菜，吃了一筐莴苣和卷心菜，既饱了肚子又润了嗓子。我在这个世界上还没吃过这么好的东西呢。就在我刚咽下最后一棵卷心菜和最后一根莴苣时，我的女主人回来了。发现箩筐空了，她尖叫一声。我漫不经心、心满意足地瞟了她一眼，这使她一下就猜到我犯下的罪过。我不想向你们重复她对我的攻击和侮辱。她本来说话就难听，现在又气昏了头，嘴里骂出的粗话我听了都脸红，尽管我只是头驴子。她对我叫骂着最不知羞耻的话，我只是舔舔嘴唇，转过身子不理她。她骂够了，抓起棒子，狠狠、狠狠地打我，打得我终于忍受不住，就朝她尥了三蹶子——第一下踢破了她的鼻子，踢掉了她两颗门牙；第二下踢伤了她的手腕；第三下踢中了她的肚子，把她掀倒在地。二十多个人向我冲来，痛打我，辱骂我。他们把我的女主人抬到不知道哪儿去了，撇下我自己待着。我还被拴在柱子上，旁边摊着我驮来的货物。我在那儿待了很长时间，见没人管我，就又吃了满满一筐美味的蔬菜，用牙齿咬断拴我的绳子，慢悠悠地踏上回农庄的路。

路上，过往行人见我独自一个，都很吃惊。

“快看，这驴子的绳子断了，它是逃出来的。”一个人说。

“看来，它是受不了苦力活才逃的。”另一个人说。

大伙儿都笑了。

“它的背上可没驮多少东西。”第三个人又提起话头。

“对了，它准是干坏事了。”第四个人大声说。

“把它逮住，老头子，我们让孩子骑在它背上。”一个妇人说。

“哈！你抱着小家伙坐上去，它也驮得动。”丈夫说。

我想让人们认为我脾气温柔、心地好，就慢慢地朝农妇走去，在她身边站住，让她坐到我背上来。

“这驴子，一点儿也不凶。”男人说着，帮妻子在驮鞍上坐稳。

听到这话，我不禁苦笑：凶？如果一头驴子能得到温柔的对待，它是绝不会凶的。我们发怒、固执、不听话，只是为了报复加在我们头上的棒打和侮辱。只要人们善待我们，我们会很乖，比所有其他动物都好。我把年轻的妇人和她的小儿子驮回家。那孩子只有两岁，长得好漂亮。他抚摸我，觉得我可爱，很想把我留下。可是我想，这样做不地道。我的主人花钱买了我，我是属于他们的。我已经踢伤了女主人的鼻子、牙齿、手腕和肚子，已经报仇雪恨了。看到这位母亲拗不过她溺爱的小儿子（这一点我把他驮在背上时就看得很清楚了），我往旁边一跳，没等那位母亲重新抓住我的缰绳，我就一路小跑着逃回农庄了。

主人的女儿玛里爱特首先看见了我："啊！驴子回来了。回来得真早！于勒，快来把它背上的驮鞍拿掉。"

"坏驴子，"于勒粗声恶气地说，"它应该整天专心干活。怎么独个儿跑回来了？我敢打赌它是偷偷溜回来的。可恶的畜生！"他一边说，一边照我腿上踢了一脚。接着又说："如果弄清楚它是逃回来的，我要让它吃一百下棒子。"

身上的驮鞍和缰绳被拿掉后，我快步跑远了。刚进牧场，就听见农庄那边传来大呼小叫的声音。我把头挨近篱笆，看见人们把农妇送回来了，孩子们在喊叫。我侧着耳朵仔细听，只听于勒对他爸爸说："爸爸，我去把马车夫的鞭子拿来。我要把驴子拴在一棵树上，一直打到它趴下。"

"去吧，儿子，去吧，可别把它打死了。不然我们买它花的钱就糟蹋了。下次赶集把它卖掉算了。"听到这番话，看着于勒跑到马厩里去找鞭子，我吓得浑身发抖。不能再犹豫了，不能再担心主人会白白损失买我花的钱了，我朝隔开田野的篱笆跑去，拼足全力一跃，撞断了一些树枝，跳出了篱笆。我在田野里奔跑，跑了很久很久，总以为后面有人追我。终于，再也跑不动了，我停了下来，侧耳细听……什么也听不见。我又走到一座小丘上，四下里一个人也没有。我这才松了口气，庆幸自己终于摆脱了那些凶恶的人。

可是，我又发愁今后该怎么办。如果留在这个地方，人们会认出我，把我重新抓住，送交给我的主人。怎么办呢？上哪儿去呢？

我四下里望望，发现自己又孤单又可怜。我正要为自己的凄惨境地大哭一场，却看见我其实是在一片美丽的树林边缘，这是圣埃伏鲁尔特森林。“真走运！”我欢呼道，“我可以在这片森林里找到柔软的草地，找到清水和新鲜的青苔，我要在这里停留几天，然后再去另一片森林，到更远的地方，远远离开农庄和我的主人。”

我走进树林，毫不费劲儿就吃上了柔嫩的青草，喝上了清清的泉水。夜幕降临了，我躺在一棵冷杉树下的青苔上，恬然地进入梦乡，一觉睡到天亮。

2我的新主人

我在这片森林里安宁地过了一个月。有时，我也感到怪无聊的，但是与其过悲惨的日子，还不如自个儿生活。这样一想，我过得还算快活。可渐渐地我发现，青草变得稀疏枯干，树叶凋零，泉水结冰，土地也泥泞了。

“唉！真倒霉！”我想，“怎么办呢？再在这里待下去，我就会冻死、饿死、渴死的。上哪儿去呢？有谁愿意要我呢？”

我想呀想呀，总算想出了为自己找个住处的办法。我出了森林，来到森林旁边的一个小村庄，看到一座孤零零的小房子，收拾得非常整洁。一位善良的农妇坐在门口纺线。她的神态慈祥又忧郁，深深打动了我。我走到她身边，把脑袋搁在她的肩头。善良的农妇惊叫一声，迅速从椅子上站起来，显得很害怕的样子。我没有动弹，只是用温柔、恳求的目光望着她。

“可怜的牲口！”她终于说，“你的样子一点儿也不凶。如果你不属于别人，我真愿意让你代替我那可怜的老死了的格里松。这样我就又可以把蔬菜驮到市场上去卖，挣钱过活了。可是，唉……你肯定是有主人的。”她叹息着说。

“你在跟谁说话，奶奶？”房子里传出一个甜甜的声音。

“我和一头驴子聊天呢。它刚才把脑袋搁在我的肩头，又用那么温顺的目光看着我，我真不忍心把它赶走。”

“让我看看，让我看看。”那个稚嫩的声音又说。

立刻，我看见门口出现了一个六七岁的漂亮男孩，他的衣服破旧，但很整洁。他看着我，眼光既好奇，又有一点儿胆怯。

“我可以摸摸它吗，奶奶？”他问。

“当然可以，我的乔治。小心别让它咬了你。”

小男孩伸出手臂来，见够不到我，便朝前跨了一步，还是不行，他又跨了一步，终于摸到了我的脊背。我生怕吓坏了他，一动也不敢动，只是朝他转过脑袋，用舌头舔他的小手。

乔治说："奶奶，奶奶，它多好啊，可怜的驴子，它舔我的手呢！"

"它孤零零的，真是怪事，它的主人上哪儿去了呢？"奶奶说，"乔治，到村子里和游客住的旅馆去问问这头驴子是谁丢的。可能它的主人正急得不行呢。"

"我牵着驴子去吗，奶奶？"乔治问。

"它不会跟你走的，"奶奶说，"随它爱上哪儿就上哪儿吧。"

乔治跑着去了，我快步跟在他身后。他发现我跟着他，就走过来，抚摸着我对我说："告诉我，既然你老跟着我，你愿意让我骑在你背上，是吗？"说着，他跃到我背上，冲我喊，"吁！吁！"

我一路小跑，乔治心花怒放。"嗬！嗬！"经过旅馆门口时他叫道。我立刻停下了。乔治跳下地，我站在门口，一动也不动，就像被拴住了似的。

"你要什么？孩子？"旅馆老板问。

"杜瓦尔先生，我想问问，这头驴子，就是站在门口的这头，是不是您或您的哪一位顾客的？"

杜瓦尔先生朝门口走来，仔细地端详我。

“不是，它不是我的，也不是我认识的什么人的。孩子，再到别处问问吧。”乔治又爬上我的背。我小跑着出发了。我们挨家挨户地询问谁是我的主人。但谁也不认我，最后我们又回到善良的老奶奶家里，她仍然坐在房子前纺线。

乔治说：“奶奶，这头驴子不属于这里的任何人。我们怎么办呢？它已经离不开我了，别人一来碰它，它就逃开。”

奶奶说：“既然这样，我的小乔治，我们也不该让它待在外面过夜，不然它可能要遭厄运的。去，把它领到我那可怜的格里松的马厩里去，再给它拿一大桶干草和一桶水。明天我们带它到集市上去，大概就可以找到它的主人了。”

“如果找不到呢，奶奶？”乔治问。

“我们就养着它，直到有人来要回它。”奶奶说，“我们可不能让这头可怜的牲口大冬天的被冻死，也不能让它落到狠心的坏蛋手里，他们会痛打它，让它干重活儿，把它折磨死的。”

乔治给我拿来吃的和喝的，又抚摸我一番，才离开我。我听见他关门的时候说：“啊！我多么希望它没有主人，可以待在我们家呀！”第二天，乔治喂我吃过早饭后，给我套上了一个笼头，领我走到门口。奶奶把一副很轻的驮鞍放到我背上，自己坐了上去，乔治又递给她一小筐蔬菜，让她放在膝盖上。就这样，我们出发去马梅尔的集市。善良的农妇的蔬菜卖得很顺利，集市上也没有人来认我，于是我跟着我的新主人回家了。

我在这个家待了四年，过得很幸福，也从没有伤害过任何人。我勤勤恳恳地为主人效力。我爱我的小主人，他从不打我，从不使我过分劳累，而且让我吃得很好。我不贪吃，夏天吃连马和奶牛都不愿吃的烂菜叶子和青草，冬天吃干草、土豆皮、胡萝卜皮、萝卜皮。这些东西足够我们这些驴子吃了。

我的好日子很快结束了。乔治的爸爸是个士兵，他回到家乡，带回了上尉去世前留给他的钱，还带回了将军授予他的十字勋章。他在马梅尔买了幢房子，接他的小儿子和老母亲去住，却把我卖给了一位有一小片农庄的邻居。我就这样离开了我那慈祥、年迈的女主人和我那可爱的小主人乔治，感到很伤心。他们俩一直待我那么好，我也总是尽心尽责地为他们效力。

3 挂坠

我被一对夫妇买去，他们有一个十二岁的女儿。她体弱多病，郁郁寡欢，孤单地住在乡下，不和同龄的孩子一起玩耍。她爸爸不管她，妈妈倒是很爱她，却容不得她去爱任何其他人，甚至连牲口也不行。她妈妈听医生说要让孩子有些娱乐活动，便认为骑着驴子散散步就足以让她高兴了。我的小女主人叫波利娜，她性情忧郁，总是病歪歪的，但是很温柔，长得也漂亮。每天她都骑在我的背上，我驮着她在宜人的小径和我熟悉的美丽树林里散步，起初还有一个男仆或女佣跟着，后来他们看我待我的小主人很温和、很细心，就放心地让我们自己去了。波利娜唤我卡迪肖，我后来一直保留着这个名字。

“和卡迪肖散步去吧。”她爸爸对她说，“和这样一头驴子在一起，是不会有什么危险的。它比人还懂事，每次都知道把你驮回家。”

我和小主人出发了。看她走累了，我就停在一座小土丘旁，或者站到一条小沟里，使她能不费劲儿地坐到我背上来。我驮着她走过结满榛子的榛子树时，就停下来让她尽情采摘。我的小主人十分爱我。她关心我，抚摸我。天气不好、我们不能出门的时候，她就到牲口棚里来看我，还给我带来面包、青草、莴苣叶和胡萝卜叶。她总是和我一起待上好久好久。她对我说话，以为我听不懂。她把她的小小忧伤告诉我，有时说着说着就哭了。

“哦，我可怜的卡迪肖，”她说，“你是一头驴子，不会听懂我的话的。可你是我唯一的朋友啊。只有对你，我才能说出我所有的心事。妈妈是爱我的，可是她太猜忌了，总希望我只爱她一个人。像我这么大的孩子，我没有跟他们任何一个交往过，日子真无聊啊。”波利娜哭着抚摸我。我也爱她，同情她，可怜的孩子。每当她在我身边时，我就很小心，一点儿也不动弹，生怕我的腿踢伤她。

一天，我看见波利娜欢天喜地向我跑来。“卡迪肖，卡迪肖，”她喊道，“妈妈给了我一个圆挂坠，里面装着她的头发。我想把你的头发也装在里面，因为你是我的朋友。我爱你，我要珍藏世界上我最爱的人的头发。”

波利娜真的剪下我的鬃毛，打开挂坠，把它们和她妈妈的头发放在一起。

看到波利娜这么爱我，我感到好幸福。我的鬃毛被珍藏在一个挂坠里，这是多么让我骄傲的事呀。然而我应该承认，我的鬃毛并不美观。它们是灰色的，又粗又硬，和她妈妈的头发比起来，更显得粗糙难看。波利娜没看出这些，她旋转着身子，从各个角度欣赏挂坠。这时，她妈妈进来了。

“你在那儿看什么？”她问。

“看我的挂坠，妈妈。”波利娜半隐半藏地遮住挂坠，回答道。

“你把它拿到这里来做什么？”妈妈问。

“让卡迪肖看看。”波利娜说。

“净干傻事！”妈妈说，“真的，波利娜，你都被卡迪肖弄得神魂颠倒了。它怎么能懂得这是个珍藏头发的挂坠呢？”

“我向你保证，妈妈，”波利娜说，“它非常明白。它还舔我的手来着，因为我……我……”波利娜脸红了，没有继续说下去。

“怎么啦？”妈妈说，“你怎么不把话说完？卡迪肖为什么舔你的手？”

波利娜难为情地说：“妈妈，还是不要告诉你吧。我怕你会骂我呢。”

妈妈恼火地说：“到底怎么回事？我倒要看看呢。快说，你又干了什么蠢事啦？”

“不是蠢事，妈妈，”波利娜说，“正好相反。”

“哦，那你为什么害怕？”妈妈说，“我敢肯定你准是又拿燕麦给它了。”

“我没有拿什么给它，正好相反，我——”

“什么正好相反！”妈妈说，“听着，波利娜，我没耐心跟你兜圈子。我希望你告诉我你做了什么，为什么离开我将近一小时。”

确实，放好我的鬃毛花了波利娜好长时间。首先，要揭开贴在挂坠后面的纸，拿掉玻璃，放好鬃毛，然后再把一切重新组装起来。

波利娜又迟疑了一下，才用很低的声音吞吞吐吐地说：“我剪了卡迪肖的鬃毛，放在……”

“放在哪儿？说呀！”妈妈急躁地问，“把话说完！放在哪儿？”

波利娜声音很低很低地说：“放在挂坠里。”

“哪个挂坠？”妈妈怒气冲冲地问。

“就是你给我的那个。”波利娜说。

“我给你的、装着我的头发的那个？！”妈妈发火了，“那么你把我的头发弄到哪儿去了？”

“还在里面，你瞧。”可怜的波利娜回答，把挂坠拿给妈妈看。

“把我的头发和驴子的鬃毛放在一起？！”妈妈气疯了，

“太过分了！你不配得到我送你的礼物，小姐！把我和一头驴子相提并论！对一头驴子的爱和对我的爱一样多！”

说着，她从吓呆了的波利娜手里夺过挂坠，扔在地上，又在上面狠跺几脚，把它踩得粉碎。然后，她看也不看女儿一眼，就离开牲口棚，把门狠狠地关上了。

波利娜被妈妈突如其来的怒火吓坏了，一动不动地立了片刻，便抽抽搭搭地哭了起来。她扑在我的脖子上，说：“卡迪肖，卡迪肖，你看到她是怎么对待我的了吧！人们不愿意我爱你，可我还是爱你，超过爱他们。你多么好呀，从不骂我，从不惹我不高兴，每次散步的时候，你总是想法儿逗我开心。唉！真不幸，卡迪肖，你听不懂我的话，也没法儿对我说话！我跟你说什么好呢！”

波利娜不说了，一头扑倒在地，继续低声哭泣。她的悲哀使我又感动又伤心，但我却不能够安慰她，甚至没法让她知道我理解她。我心里很生这位妈妈的气，由于她的愚蠢，由于她对女儿过分的爱，小姑娘感到了痛苦。如果能够，我要让她了解她给波利娜带来的悲哀和她对这个十分柔弱的小身体造成的伤害。唉，我不会说话呀！只好忧愁地看着眼泪在波利娜脸上流淌。

妈妈走后刚一刻钟，一个女佣人开门喊波利娜，说：“小姐，你妈妈叫你，她不许你待在卡迪肖的牲口棚里，也不许你再进牲口棚的门。”

“卡迪肖，我可怜的卡迪肖！”波利娜喊道，“她们不许我再来看你了！”

“不是这样的，小姐，你只有散步时才能和它在一起。你妈妈说你应该待在客厅，而不是牲口棚。”

波利娜没有回嘴。她知道妈妈希望她听话。她最后一次拥抱我。

4 火灾

一天晚上，我刚要睡着，突然被喊声惊醒："失火啦！"

我又惊又吓，拼命想挣脱拴住我的皮带。可是不管我怎样挣扎，怎样在地上打滚，都没能弄断那根该死的皮带。最后我突然想出个好主意：用牙齿咬。经过一番努力，总算成功了。火光照亮了我破旧的牲口棚，喊叫声和脚步声越来越响。我听见佣人们哀叫的声音、墙壁坍倒的声音、木板坠落的声音和火焰熊熊燃烧的声音。浓烟已经钻进我的牲口棚，却不见有人来管我。没有人发发善心，没有人想到打开门让我跑出去。火势越来越猛，我热得难受，气都透不过来了。

“完了！”我对自己说，“我只好被活活烧死了。这样死得多惨哪！哦！波利娜！我亲爱的女主人！你把你可怜的卡迪肖给忘了。”就在我不出声地想着这些时，门被猛地打开，我听见波利娜用充满恐惧的声音喊我的名字。我庆幸自己得救了，赶紧向她奔去。我们一起逃出门来，这时一阵可怕的倒塌声吓得我们不敢前进。我的牲口棚对面的一幢房子倒了，残砖碎瓦堵住了我们的去路。啊，就是为了来救我，可怜的小主人可能要死了。浓烟、房子倒塌时扬起的尘埃和灼人的热浪使我们窒息。波利娜倒在我身旁了。

我突然拿定一个主意，这么做虽然危险，但只有这样才能使我们得救。我用牙齿咬住几乎不省人事的小主人的连衣裙，拼命往前冲，一路跨过倒在地上还在燃烧的房梁。幸好，我穿过时没有让她的裙子着火。我停住脚步，看看接下来该往哪边走。周围的一切都在燃烧，我绝望了，灰心了，正要把完全昏迷过去的波利娜放到地上，突然看见一个打开的地窖。我急忙冲了过去。我知道，地窖有城堡一样的拱顶，我们待在里面就安全了。我把波利娜放在一只装满水的木桶旁，这样她清醒过来后就可以用水润湿前额和太阳穴。

很快，她就醒过来了。当她看到自己已经脱离危险，到了安全的地方，就跪下来，念了一段感人的祷告词，感谢上帝在这样一场可怕的灾难中保护了她。然后她向我表示感谢，她的语调里充满爱意和感激，使我深受感动。

她喝了几小口桶里的水，听着外面的动静。大火还在摧毁着一切，到处都在燃烧。间或还听到几声喊叫，但很模糊，听不出是谁的声音。

“可怜的妈妈，可怜的爸爸！”波利娜说，“他们一定以为我不听他们的话，硬要来找卡迪肖，结果被火烧死了。现在只好等火灭了才能出去。看来我们要在地窖里过夜了。好心的卡迪肖，”她接着说，“多亏你，我才活了下来。”

她不再说话了，坐在一个倒扣着的箱子上。我看到她睡着了。她的头靠着一只空酒桶。我感到又累又渴，喝了一些桶里的水，走到门边躺下，很快就侧着身子睡着了。

天蒙蒙亮的时候我醒了。波利娜还在睡着。我悄悄地起身，走到门口，把门推开一点儿。

一切都烧光了。火也几乎熄灭了。要跨过废墟到宅院外面去是很容易的。我轻轻地哼了两声，想把小主人唤醒。她果然睁开了眼睛，看见我站在门口，就跑过来看着外面。

“都烧光了！”她悲哀地说，“一切都完了！我再也看不到别墅了。我感到不等它重建起来我就要死了。我一点儿力气也没有，浑身难受，难受极了，妈妈会怎么说呢……”

“走吧，我的卡迪肖。”她一动不动地站着沉思了片刻，接着说道，“走吧，咱们离开这里吧。应该找到爸爸妈妈，让他们放心。他们还以为我死了呢！”

她轻轻越过瓦砾、断砖和还在燃烧着的房梁，我跟在她后面。很快我们就来到了草地上。然后，她爬到我的背上，我径直朝村子里走去。

我们很快就找到了波利娜的父母临时避难的房子。他们果真以为失去了女儿，都沉浸在巨大的悲哀里。

看见波利娜，他们高兴地大喊一声，朝她扑来。她向他们叙述我是怎样机智勇敢地救了她。

她妈妈并没有跑过来感谢我、抚摸我，而是冷冷地瞥了我一眼，而她爸爸根本连看也不看我。

“就因为它，你差点就死掉了，我可怜的孩子。”妈妈说，“如果你没有冒出为它开门、解缰绳的蠢念头，你爸爸和我就不会伤心一夜了。”

“可是，”波利娜急忙说，“是它救……”

“住嘴，住嘴，”妈妈打断她的话，“别再对我说起这畜

生，我讨厌它，它差点让你丧了命。”

波利娜叹了口气，痛苦地望着我，没有再说话。从这天起，我就再也没有见到她。火灾使她受了惊吓，彻夜未眠使她精疲力竭，特别是在地窖里着了凉，这一切使长期折磨她的病痛加重了。那天白天她发起高烧，一直没有退。人们把她安置在床上睡下，她就再也没有起来。她本来就因忧郁、寂寞埋下了病根，前一天夜里一着凉，病情就恶化了。她早就有肺病，现在更严重了。

一个月后，她去世了，没有对生命的留恋，也没有对死亡的恐惧。她临死前常谈到我，在昏迷不醒时呼唤我的名字。

没有人管我。我自己随便找点吃的维持生活，不管刮风下雨都睡在外面。当我看到我那可怜的小主人长眠的棺材被抬出来时，我悲哀极了。

我离开了那个地方，再也没有回去。

5 驴子的赛跑

冬天到了，我的日子很难过。我找了一片森林安身，勉强寻到些吃的喝的，使我免于饿死渴死。天冷了，河流结冰了，我就吃地上的雪，吃仅有的食物——蓟草，晚上我就睡在杉树下。

有时，我也去森林旁边的一个村庄周围，了解一下世界上的新鲜事儿。春天到了，好日子又回来了。一天，我惊讶地看到了一项不同寻常的运动。村子里洋溢着节日喜庆的气氛，人们成群结队地走着，都穿着节日的盛装。更让我吃惊的是，这一带所有的驴子都汇集到一起了。每头驴子都由主人牵着缰绳，有一些驴子的脑袋上、脖子上还挂着鲜花。它们的背上都没有放驮鞍或鞍子。

“真奇怪呀，”我想，“今天并不是赶集的日子。这些伙伴们打扮得干干净净、漂漂亮亮，要干什么呀?

我靠上前去，想弄清这些驴子聚在一起干什么，这时牵驴子的男孩中有一个看见了我，笑了起来。

“看哪！”他喊道，“快看哪，哥们儿，一头漂亮驴子来到我身边。它的毛梳得多光溜呀！”

“身体保养得也好，营养也够充足！”另一个男孩大声说，“它想来参加赛跑吗？”

“啊，如果它想参加，就让它跑吧，”第三个说，“不用怕他会赢到奖金。”

这些话逗得人们哈哈大笑。我没有笑，这些男孩子的愚蠢说笑令我很不愉快。不过，我倒是听明白了，他们说的是一场赛跑。但什么时候、怎么样举行呢?我真想知道。我继续听着，并装出一点儿也不明白他们在说什么的样子。

“很快就要出发了吧？”一个年轻人问。

“我不知道，让诺也在等市长呢。”

“你们让驴子往哪里跑？”一个刚来的善良妇人说。

让诺说："在放风车的牧场上跑，特朗歇大妈。"

"你们共有多少驴子参加？"特朗歇大妈又问。

"不算你共有三十头，特朗歇大妈。"让诺回答。

这句捉弄人的话又惹起一片笑声。

特朗歇大妈也跟着笑了："嘿，你可真鬼。跑了第一名能得到什么？"

"首先能得到荣誉，其次嘛，还有一块金表。"让诺说。

"我要是有一头驴子帮我赢得金表我就欢喜死了，"特朗歇大妈说，"我一辈子都没钱买表。"

"好啊！"让诺说，"如果你牵来一头驴子，你就可以跑。碰碰运气。"

大伙儿笑得更欢了。

"你说我上哪儿牵驴子去？"特朗歇大妈问，"我一辈子没钱买驴子，也没钱养驴子呀！"

这位善良的农妇很让我喜欢。她快乐又慈祥，于是我想要帮她赢到那块表。我已经习惯了跑步，在森林里我每天长跑来使身体暖和。以前我跑步就很出名，人们都知道我有马那样的速度和耐力。

"好吧，试试吧。"我对自己说，"如果输了，并不会失去什么。如果赢了呢，我就能为特朗歇大妈赢得一块金表，让她过好日子。”

我小跑着出发，来到最后一头驴子身边，昂首挺胸、声音洪亮地叫起来。

“好啦，好啦！我的朋友，”一个叫安德烈的小伙子喊道，“别再高唱了好不好？走开，驴子，你没有主人，浑身的毛乱蓬蓬的，不能参加赛跑。”

我不再叫了，但我没有挪动位置。有人笑了，也有人很生气。人们互相争论起来，这时特朗歇大妈喊道：“如果它没有主人，它现在就可以有一位女主人。现在我认出它来了，它是卡迪肖，那个可怜的波利娜小姐的驴子。后来小姑娘没有办法保护它了，人们就把它赶走了。我敢肯定它整个冬天都待在森林里，因为人们一直没有见过它。今天我要它听我使唤。它为我参加赛跑。”

“看呀，是卡迪肖。”周围的人们纷纷喊道，“我听说过大名鼎鼎的卡迪肖。”

让诺说：“可是，特朗歇大妈，如果你叫它为你跑，你也要往市长的袋子里放一枚五十生丁[1]的银币。”

[1] 生丁是法国辅币，等于0.01法郎。——译者注

“这没什么了不起，孩子们，”特朗歇大妈说，“这是我的银币。”她解开手帕的一角，“可是……别再多要了，我没有多少个。”

让诺说：“我说，如果你赢了就不缺钱花了。”

村里人都往袋子里放了钱，有一百多法郎呢。

我朝特朗歇大妈走去。我踮着脚转了个身，来了一个跳跃，尥了一蹶子，姿态轻盈敏捷，惹得那些孩子都开始担心我会赢得奖金。

“听着，让诺，”安德烈低声说，“你叫特朗歇大妈往袋里放钱，真是犯了大错。她现在有权让卡迪肖为她赛跑了。我看它那么机灵、活跃，没准会把咱们的金表和钱夺走。”

让诺说：“嗨！你可真傻。你也不看看它那副身架，可怜的卡迪肖！它跑不了几步就得趴下，准会让我们看笑话的。”

“我可没把握，”安德烈说，“对了，我给它一点儿燕麦，把它引走，怎么样？”

“那么特朗歇大妈付的五十生丁怎么办？”让诺问。

“没关系，”安德烈说，“驴子不见了，他们会把钱还给她的。”

“好吧，”让诺说，“卡迪肖本来也不是她的驴子。你快去找一些喂牲口的燕麦，想法儿把它引走。可别让特朗歇大妈看见了。”

他们的话我都听见了，都听明白了。所以，安德烈在罩衫下藏着一把燕麦再来找我的时候，我没有去接近他，反而走到特朗歇大妈身边，她正和她的朋友们聊天呢。

安德烈跟着我，让诺抓住我的两只耳朵，想让我转过脑袋，他还以为我没有看见燕麦呢。我真想吃一口尝尝，但我克制着自己的欲望，一动不动。让诺在前面拉，安德烈在后面推，我呢，就放开喉咙，拼命地叫。特朗歇大妈转过身来，看出了安德烈和让诺的诡计。

“你们这么干可不对，孩子们。既然你们让我往大奖赛的袋子里放了那块可怜的银币，就不应该把卡迪肖从我身边弄走。我看出来了，你们是怕它呢。”

“怕它？”安德烈说，“怕这么一头脏兮兮的驴子？嘿，才不呢，我们根本不怕。”

“那你们干吗拖它拽它，要把它弄走？”特朗歇大妈问。

“我们是想喂它点儿燕麦。”安德烈说。

特朗歇大妈用嘲笑的口气说：“这就不一样了。这是件好事嘛。把燕麦撒在地上，随它自己吃吧。刚才我还怀疑你们这么做是不怀好意呢！唉，人啊，就是免不了会犯错误。”

安德烈和让诺又沮丧又难为情，可是又不敢让别人看出来。他们的伙伴们看到他们偷鸡不成蚀把米，都在笑他们。特朗歇大妈搓搓手掌，我心里别提多高兴了。我贪婪地吃着燕麦，吃着吃着，就感到自己精力充沛。我对特朗歇大妈很满意。

燕麦都吃完了，我迫不及待就想出发。

突然那里一阵喧闹。原来是市长大人来发布命令和安排驴子的队列。所有驴子都排成一条直线，我很谦让地站到最后。人们看我显得很孤单，都互相打听我是谁，是谁的驴子。

“谁的也不是。”安德烈说。

“是我的！”特朗歇大妈大声喊道。

市长说：“要往大奖赛的袋子里放钱才行，特朗歇大妈。”

“我已经放过了，市长先生。”特朗歇大妈说。

“这就好。把特朗歇大妈的名字记下来。”市长说。

“已经记下来了，市长先生。”记录官说。

“很好，”市长说，“各就各位！一、二、三！出发！”

牵驴子的孩子们都放开手中的缰绳，同时用鞭子狠狠地抽了一下驴子的屁股。出发了！由于没有人牵着我，我就规规矩矩地等轮到我跑的时候才跑。这样我就落在了别的驴子后面。可是不出一百步，我就赶上它们了。现在，我到了队伍的最前头。超过它们很容易，我并不太累。

孩子们都大叫大喊，抽打手中的鞭子，想让自己的驴子跑得更快一点儿。我不时地转过头去，看看他们惊慌失措的表情，为我的胜利和他们的白费劲而得意。我的那些驴伙伴见到我遥遥领先，都恼火透了。我这么个寒酸的不起眼的陌生驴子，竟把它们都甩下了。它们更是拼了命地跑，想赶上我、超过我，想挡住其他驴子的路。我听见我身后传来粗野的叫声，尥蹶子声和咬牙齿声。有两次我被让诺的驴子追上，而且差点被它超过。我也可以用它超越其他驴子的办法来对付它，但我瞧不起这些不光彩的小计谋。不过我发现我必须提高警惕，以防遭到暗算。我纵身一跃，超过了我的竞争对手，就在这时，让诺的驴子一口咬住我的尾巴，一阵剧痛使我几乎跌倒在地。胜利的兴奋给了我勇气，我一咬牙挣脱了它的牙齿，而我的一小截尾巴却留在它的嘴里了。复仇的欲望使我仿佛生了翅膀，我健步如飞地跑到了终点，自然拿到了第一名，而且远远地领先于我的所有竞争者。

我气喘吁吁，精疲力竭，心情却十分欢畅和得意。我听见站在牧场旁的几千名观众在为我欢呼喝彩。

我摆出一副胜利者的姿态，骄傲地一步步走回来，一直走到负责颁发奖品的市长大人的看台前。善良的特朗歇大妈扑向我、抚摸我，并向我保证她要让我饱饱地吃一顿燕麦。她伸手去接市长颁发给她的那只金表和那袋银币，这时安德烈和让诺一边向这边跑一边高喊：“等一等，市长先生！等一等，这不公平！谁都不认识这头驴子，它到底属于特朗歇大妈，还是属于第一个看见它的人，很难说清。这头驴子不能算数。是我的驴子和让诺的驴子并列第一，金表和银币应该是我们的。”

“难道特朗歇大妈没有往大奖赛的袋子里放银币吗？”

“放是放了，市长先生，可是……”

“她放银币的时候，有谁反对过吗？”

“没有，市长先生，可是……”

“出发前那一刻，你们提出过反对吗？”

“没有，市长先生，可是……”

“那么，特朗歇大妈的驴子毫无疑问地赢得了金表和银币。”

“市长先生，请您召开一个市政会议，评判一下这个问

题。您个人没有权利做出决定。”

市长显得有些犹豫。我看他迟疑不决，就迅速地一口叼下金表和银币袋，把它们放在特朗歇大妈的手上。特朗歇大妈惶恐不安，身子微微颤抖着，等待市长做出最后决定。

我的聪明举动逗笑了许多人，赢得了雷鸣般的掌声。

“好吧，问题解决了，胜利是属于特朗歇大妈的。”市长笑着说，“市政顾问团的先生们，让我们到桌子边去商议一下，看看我是否还能保留为一头驴子主持正义的权利。我的朋友们，”他狡黠地看看安德烈和让诺，接着说道，“我认为最像蠢驴的并不是特朗歇大妈的那头驴子。”

“万岁！万岁！市长先生！”四下里一片欢呼。所有人都在笑着，只有安德烈和让诺例外，他们朝我挥挥拳头，走了。

我呢，我高兴吗？不。我的自尊心受到了伤害。市长把同我作对的人们称为蠢驴，以为他这么说只是在骂他们，实际上他也侮辱了我。我认为他这么做是很不得体的。

真没劲！我表现得那么勇敢、谦虚、有毅力、有头脑，结果却得到这样的报答！

人们侮辱过我后，就不管我了。特朗歇大妈也不例外，她一下子得到一块金表和一百三十五个法郎，笑得合不拢嘴，而把她的大恩人抛到了脑后，也记不得自己曾经说过的要让我饱餐一顿燕麦的话了。她和人群一起离去，没有给我应得的报酬。

6 好心的主人

从那以后，我就独自待在牧场上。我心情不好，尾巴上的伤让我痛苦。那天，我正在想到底是人好还是驴子好，突然，我感到一只手在温和地抚摸我，还听到一个同样温和的声音对我说话："可怜的驴子！人们对你太不好了！来，可怜的牲口，上奶奶家里去吧，她会饲养你，照料你，比你的坏主人好！可怜的驴子！瞧你多瘦呀！"

我转过脑袋，看见一个五岁的小男孩，长得很漂亮。他的小妹妹大约三岁，也和女仆一起向这里跑来。

小妹妹问："雅克，你在对这可怜的驴子说什么呢？"

“我叫它住到奶奶家里去，让娜，”雅克说，“它老是孤零零的，真可怜。”

“那，雅克，”让娜说，“牵住它，等等，让我骑到它背上。我的女仆，我的女仆，快抱我到驴背上去。”

女仆把小女孩放到我背上，雅克想牵我，可是我身上没有缰绳。

“等一等，我的女仆，”他说，“我要把我的围巾给它系在脖子上。”

小雅克给我系围巾，可惜我的脖子太粗了，他的小围巾不够长。女仆解下她的围巾，唉，也太短了。

“怎么办呢？我的女仆。”雅克都快哭了。

女仆说：“咱们到村子里去问人家要一副笼头和一根绳子。来，我的小让娜，从驴背上下来吧。”

让娜紧紧搂住我的脖子：“不嘛不嘛，我不要下来。我要待在驴子身上，我要它驮我回家。”

女仆说：“可是我们没有绳子牵着它走呀。你瞧，它一动也不动，像是石头做的。”

雅克说：“等一等，我的女仆，你瞧我的。首先，我知道它的名字叫卡迪肖；特朗歇大妈对我说过。我来抚摸它，抱抱它，我想它就会跟我走了。”

雅克凑到我耳朵旁，一边用手抚摸我，一边低声对我说：“走吧，我的小卡迪肖。我求你了，走吧。”

这个乖巧的小男孩这么信赖我，真让我感动。我注意到他让我往前走不是靠棒子打，而是靠温柔和爱心，这使我很满意。所以，不等他抚摸着我说完那句话，我就迈开了步子。

“看哪看哪，我的女仆，它能听懂我的话，它爱我呢！”雅克叫道，欢喜得脸都红了，两只眼睛闪烁着快乐的光芒。他跑在前头为我引路。

女仆说：“驴子也能听懂人的话么？它往前走是因为它在

这儿待腻了。”

雅克说：“可是，我的女仆，你瞧它跟着我呢。”

女仆说：“那是因为它闻到你口袋里有面包。”

雅克说：“你想它是饿了，是吗？”

女仆说：“大概吧，你看它瘦得一把骨头。”

雅克说：“真的，可怜的卡迪肖，我怎么没有想到把我的面包给你吃呢！”

说着，他立刻从口袋里掏出一片面包，那是女仆给他当点心吃的。他把面包递到我眼前。

女仆把我想得那么坏，真令我生气。我很想向她证明她错怪了我，我跟着雅克走不是因为贪吃，我驮着让娜是因为我心地善良，我做这一切是心甘情愿的。

我没有吃好孩子雅克给我的面包，只是舔了舔他的小手。

雅克说：“女仆，我的女仆，它吻我的手呢。它不要吃我的面包！我亲爱的小卡迪肖，我多么爱你呀！我的女仆，你看到了吧，它跟着我走是因为它爱我，不是想吃面包。”

女仆说：“你以为自己真的得到了一头与众不同的驴子，一头模范驴子，那就随便你吧。至于我嘛，我知道所有的驴子都脾气糟、心眼坏，我根本不喜欢它们。”

雅克说："哦！我的女仆，可怜的卡迪肖一点儿都不坏，你看它待我有多好。"

女仆说："看看这能坚持多久吧。"

"卡迪肖，"小雅克抚摸着我说，"你会永远对我好、对让娜好的，是吗？"

我转向他，用非常非常柔和的目光看着他。他虽然年纪很小，却也读懂了我的目光。然后，我又转向女仆，愤怒地瞪了她一眼，她也看明白了，立刻说道："瞧它那眼神儿多坏！一副恶毒样儿。它看我的那眼神，好像要把我吞下去似的！"

"哦，我的女仆，"雅克说，"你怎么这么说呢？它看我的眼神可温和了，好像它要拥抱我似的。"

两个人说得都对，我也没有做错。我暗自发誓，要好好对待雅克、让娜和家里所有对我好的人。但我也有一些不好的想法——对那些待我不好、像女仆一样侮辱我的人，我也不准备好好地待他们。后来，正是这种复仇的欲望给我带来了不幸。

我们一行边走边说，很快就到了雅克和让娜的奶奶的别墅。他们把我领到门边，我就像一头很有教养的驴子一样待在那里，一动不动，甚至没有去尝一尝沙路旁边的青草。两分钟后，雅克出来了，后面还拉着奶奶。

“来看呀，奶奶，来看它多温柔、多爱我呀！别相信女仆的话，求求你。”雅克合着两只手说。

“不要，奶奶，不要相信，求求你。”让娜重复道。

“让我们看看，”奶奶微笑着说，“看看这头被你们夸上天的驴子！”

说着，她走到我跟前，碰碰我，摸摸我，拉拉我的耳朵，又把她的手放进我的嘴里，我没有做出要咬她、要躲开她的样子。

奶奶说：“它确实显得十分温和。你怎么回事，艾米丽，你怎么说它一副凶样儿呢？”

雅克说：“奶奶，它是不是很好，我们是不是可以留下它？”

奶奶说：“乖孩子，我相信它很好，可是我们怎么能留下它呢，它并不属于我们呀！应该把它带回它主人身边去。”

雅克说：“它没有主人，奶奶。”

“对，它没有主人，奶奶。”让娜重复道，她永远是哥哥的小应声虫。

奶奶说：“没有主人，怎么会呢？不可能。”

雅克说："真的呀，奶奶，是真的，特朗歇大妈对我说的。"

奶奶说："咦，那它怎么为她赢得了赛跑的奖品？既然她让驴子为她赛跑，那一定是她向谁借来的。"

"不是呀，奶奶，"雅克说，"它是孤零零地来的，它自己愿意和其他驴子一起赛跑。特朗歇大妈付了份子钱，就可以得到它赢得的奖品，但它是没有主人的。它是卡迪肖呀！是那个死去的可怜的波利娜的驴子。波利娜的爸爸妈妈把它赶出来了，它整个冬天都待在林子里。"

奶奶说："卡迪肖！就是那个在火灾中救了它的小主人的有名的卡迪肖吗？啊？我真高兴认识它。这真是一头不一般的好驴子！"

说完，她绕着我转了一圈，久久地端详我。我听说自己有这么大的名气，心中很是得意。我昂首挺胸，张大鼻孔，抖动身上的鬃毛。

"它多瘦呀！可怜的牲口！它忠心耿耿，却没有得到人们的报答。"奶奶神情严肃，用责备的口气说，"孩子们，咱们留下它吧，既然那些应该爱它、照顾它的人抛弃了它，咱们就把它留下吧。去把布朗叫来，我要让他把它牵到马厩里去，再铺上一层厚厚的褥草。”

雅克高兴极了，转身跑去找布朗。布朗很快就来了。

奶奶说：“布朗，孩子们带回来一头驴子，你把它牵到马厩里去，给它点吃的喝的。”

布朗说：“是不是应该赶快还给它的主人？”

奶奶说：“不用，它没有主人。我看它好像是那有名的卡迪肖。它的小女主人死后，它就被赶出来了。它来到村子里，孩子们发现它孤零零地待在牧场上，就把它领回来了。我们准备收留它。”

布朗说：“太太您收留它可太好了。它这种驴子，在我们地区找不到第二个。我听说它干了许多惊天动地的事，人们说它能听懂人话，什么都明白。太太您会看到的……来吧，我的卡迪肖，来吃你的燕麦。”

我转过身子，跟着布朗去了。“真怪呀，”奶奶说，“它真能听懂呢。”她说完进屋去了。雅克和让娜陪我来到马厩。

他们把我安排在一个畜栏里，那里还有两匹马和一头驴跟我做伴。雅克帮着布朗给我铺了厚厚一层褥草，又去给我拿燕麦。

我美美地吃着燕麦，心情十分舒畅，庆幸自己被可爱的小雅克领回来。我舒展身子躺在稻草上，惬意得像个国王，很快就睡着了。

7 强盗

有一天，所有的孩子都聚集在院子里，周围村子里的驴子也都来了。我又看见了参加赛跑的那些驴子。让诺的驴子恶狠狠地瞪着我，我轻蔑地瞥了它儿眼。雅克奶奶家里都是孩子：卡米尔、玛德莱娜、伊丽莎白、亨里艾特、简妮、亨利、路易丝、比埃尔和雅克。

我们要到森林里去，孩子们去那里参观古修道院和古教堂的废墟。那些废墟非常迷人，但是那个地方有一些骇人的传说。如果没有大批人马同行，谁也不敢只身前往。人们传说，一到夜里，就能听见奇怪的脚步声从废墟下面传来，还能听见呻吟声、喊叫声、锁链的撞击声。有些游客对这些传说一笑置之，不予理会，一个人去看废墟，结果就再也没有回来。

这会儿，人们都从驴子上下来，让我们自己去吃草。缰绳还留在我们的脖子上。爸爸妈妈牵着他们的孩子，不让他们落在后面或离开队伍。我看着他们渐渐远去，最后消失在那些废墟间。我也离开我的同伴们，在废墟中间的拱门下找了个背阴处站着，这里比修道院还要远一点儿，地势很高，旁边有一片树林。过了一刻钟的光景，我突然听见拱门旁传来一种声音。我闪身躲进一堵厚墙的废墟中，从这里可以看见外面的情形又不被别人看见。那声音虽然低沉，却越来越强烈。它仿佛是从地底下传出来的。

很快，我就看见一个人小心翼翼地探出脑袋来。

“没人，”他四下张望，压低声音说，“一个人也没有……伙计们，可以出来了。每人牵住一头驴子，赶快领走。”

他侧开身子，让十来个人通过，并小声地对他们说：“如果驴子逃跑，千万不要去追，动作快点，不要弄出声音，这是命令。”

这伙人很快地沿着树林走过。这里的荆棘十分茂密。他们的动作又快又小心。那时驴子都已找到阴凉处待着，吃着树林边缘的青草。头儿发出一个信号，每个强盗牵住一头驴子的缰绳，把它拉进密林中。驴子们丝毫不抵抗、不挣脱，谁也不奋力把主人唤来，就傻瓜似的乖乖被领走。就连一头绵羊也不会这样蠢呀！五分钟后，强盗都钻进了树丛。这片树丛正好在拱门下。我的那些伙伴被一头一头地拉进荆棘丛中，然后便不见了。我听见它们的脚步声深入地下，过了一会儿，一切又恢复了宁静。

“这就是传说中令人心惊肉跳的脚步声呀——一伙强盗躲在修道院的地下室里弄出来的。该把他们抓住，可是怎么抓呢？真有些困难。”

我躲在拱门下没有动，在这里，废墟及其四周的一切尽收眼底。终于，传来了孩子们寻找驴子的声音，我这才离开这里，向他们跑去，想阻止他们靠近拱门和荆棘丛。荆棘丛把地道的入口掩藏得那么好，谁都难以发现。

“卡迪肖在这里！”路易丝说。

“可是其他驴子呢？”孩子们异口同声地问。

“也该在附近吧，”路易丝的爸爸说，“去找找吧。”

“我们最好到山沟旁边去找找，就在那边那个拱门后面，”

雅克的爸爸说，“那里的草很肥，它们一定爱吃。”

我想到他们面临的危险，不由地浑身颤抖。我快步冲到拱门旁，挡住他们的去路。他们想把我赶开，可是不管怎样，我都坚决不走。无论他们想从哪个方向过去，我都赶紧上前拦住。

终于，路易丝的爸爸拉住他的妹夫，对他说：“亲爱的，听我说，卡迪肖这么坚决，真有点蹊跷。你也知道，人们传说这头驴子办了不少聪明事儿。相信我，咱们听从它，顺原路回去吧。而且，也不可能所有的驴子都跑到山沟那边去的。”

“你说得很有道理，”雅克的爸爸说，“我看拱门旁边的草被人践踏过，好像不久前有人走过。我估计我们的驴子八成被人盗走了。”

他们回到孩子们的妈妈身边。她们一直在管着孩子，不让他们跑散。我也跟了过去，心里感到轻松又愉快，他们很可能避开了一场大灾难呢。我听见他们在低声商量什么，还看见他们围成一群。

他们唤我去。

“我们该怎么办呢？”路易丝的妈妈问，“单有一头驴子可

载不了这么多孩子。”

“把小点儿的孩子抱到卡迪肖背上，让大一点儿的跟着咱们走。”雅克的妈妈说。

“来吧，我的卡迪肖，让我们看看你能驮几个。”亨里艾特的妈妈说。

他们把让娜作为最小的放在前面，然后是亨里艾特，然后是雅克、路易丝。这些孩子都不重。我故意轻快地跑了几步，让他们看到我可以毫不吃力地把他们四个都驮回去。

“瞧啊，卡迪肖多棒！”爸爸们轻声叫道，“这样我们可以把小家伙们都带上了。”

我迈开步子朝前走，周围是大一点儿的孩子和他们的妈妈，爸爸们跟在后面，防止有人掉队。

回到村子里，三位爸爸立刻对奶奶说了驴子可能被盗的事。然后他们给马套上车，出发到邻村的警察总队报案。两小时后，他们领着一名警官和几名普通警察回来了。

方圆百里的人都知道我智力超群，所以警察们一听说我坚决阻止人们走近拱门，就觉得事态严重。他们全副武装，带着手枪、卡宾枪，准备开进山谷。不过他们还是接受了奶奶为他们准备的晚饭，和夫人、先生们一起在餐桌旁入座。

8 地道

警察们三下五除二地吃完晚饭，因为他们急着要在天黑之前去侦察。他们征得奶奶的同意，把我也带上。

“我们这次探险可离不了它，夫人，”警官说，“这个卡迪肖啊，可不是一般的驴子。它做了那么多不同寻常的事，我们待会儿要叫它做的事肯定不在话下的。”

“如果你们认为有必要，就带上它去吧，先生们，”奶奶回答，“可是我求你们不要把它弄得太累了。可怜的牲口一大早就上了路，后来还驮了我的四个孙儿孙女回来。”

“没问题，夫人，”警官回答，“您放心吧。我们保证尽可能地好好待它。”

他们给我拿来晚饭：一桶燕麦，一堆莴苣、萝卜和其他蔬菜。我美美地吃完、喝完，准备出发。他们要来牵我，我却自己跑到队伍的前面。我们就这样上了路：一头驴子带路，后面跟着警察。

一路上，他们对我照顾得可周到了。一看到我有点累了，就放慢马的速度；一遇到有小河小溪，就领我过去饮水。我们到达修道院时，天色已经暗了下来。警官命令大家看我的动作行事，并叫队伍靠拢些，不要走散了。他们怕那些马会碍事，就把它们留在森林旁边的村庄里了。我毫不迟疑地领他们来到那片荆棘旁的拱门入口处，那十多个强盗正是从这里出来的。我看见警察们停在入口处，心里十分不安。为了把他们引开，我朝破墙后面走了几步，他们跟了过来。等大家都到了墙后，我又朝荆棘丛走去，他们还想跟着我，被我制止了。警察们理解了我的意思，便沿着墙根隐蔽起来。

我走到地道出口旁，使出吃奶的劲儿大叫大嚷。很快，就收到了预期的效果。我的那些被关在地下室里的伙伴们为了响应我，也都争先恐后地叫起来。我朝警察们走了几步，看他们都明白我的计谋了，就又回到地道的出口处。我又拼

命大叫，但这次没有驴子响应我了。我判断，那伙强盗为了不让我的伙伴们泄露秘密，就在它们的尾巴上拴了石头。大家都知道，我们驴子叫唤的时候都要竖起尾巴。如果尾巴上坠着石头，竖不起来，我的伙伴们就只好保持沉默了。

我待在离出口两步远的地方。突然，一个人的脑袋从荆棘丛中钻出来，他鬼鬼祟祟地张望了一下，看见我单独待在那儿，便说："在这儿哪，就是我们上午漏掉的那个畜生。别着急，蠢驴，你很快就要和你的伙伴们见面了，我的'大嗓门’。”

他说着就想来抓我，我跑开两步，他跟了上来，我又跑开两步。就这样，我一直把他引到破墙后面。我的那些警察朋友就藏在那里呢。那个强盗还没来得及喊出声，警察们就扑过去捂住他的嘴巴，把他捆起来扔在地上。

我又回到出口处，又一次放声大叫，我想肯定会有另一个强盗，要出来看看他的同伙出了什么事的。果然，很快我就听见荆棘丛被人拨开，又一颗脑袋钻了出来，也是那样鬼头鬼脑地四处张望。他看够不着我，便也像第一个强盗那样蹿了上来。我呢，故伎重演，又把他引到警察们身边。他还没来得及叫一声，警察就把他制服了。然后我又来到地道口。……就这样，我们共擒获了六个强盗。

六个人落网后，任我怎么大喊大叫，也不见有人露面了。我知道，那些强盗看到出来察看同伙下落的人都一去不回，已经开始产生怀疑，再也不敢贸然出洞了。这时，夜色已深，四下里一片漆黑。警官派一名警察去请求增援，争取把地道里的强盗一网打尽，并让他把那六个已被俘虏的强盗拴在双轮大车上运走。留下来的警察奉命分成两队，把好修道院的各个出口。没有人给我下命令，他们亲切地抚摸我，把我大大地夸奖了一番，让我随意行事。

“如果它不是一头驴子，”一名警察说，“真该获十字勋章呢。”

“安静！”警官压低声音说，“卡迪肖的耳朵竖起来了。”

确实，我听见拱门旁边传来一种奇怪的声音。不是脚步声，倒像是什么东西折断的声音和被压抑的人叫喊的声音。警察们也听见了，但不能理解这到底是什么声音。最后，一团浓烟从修道院的几个通风口和窗户里冒了出来，接着又喷出了火苗。不一会儿，四处都着了火。

“他们在地窖里放火，想从大门逃走。”警官说。

“应该跑去把火扑灭，长官。”一名警察说。

“待着别动！密切注意一切动静。如果强盗露面，先用卡宾枪射击，然后再用手枪上。”

警官一眼识破了强盗的诡计。强盗知道自己被发现了，那些同伙都成了俘虏，他们指望靠着火的掩护，在警察们都去扑火的时候死里逃生，并救出同伙。很快，我们就看见剩下的六个强盗和他们的头目一起小心翼翼地从荆棘遮盖的地道口出来了。这里只有三个警察守着，他们没等强盗们举起武器，就扣动了卡宾枪的扳机。两个强盗倒下了，第三个扔下手里的短枪——他的胳膊被打断了。但是后面三个强盗和头目一起恶狠狠地朝警察扑过来。警察一手握刀，一手持枪，像雄狮一样奋勇搏斗。没等守在修道院那一头的警官和另外两个警察赶到，战斗就基本结束了。强盗们死的死，伤的伤。只有头目还在负隅顽抗。他是唯一还站着的强盗，另外两个强盗已经身负重伤。这时修道院那头的警官赶到，彻底结束了战斗。一眨眼工夫，头目就被包围，随后被解除武装、捆绑起来，扔到另外六个俘虏身边了。在他们格斗的过程中，火也被扑灭了。这场火只烧掉了荆棘丛和一些小树。警官想等增援人员到达后再深入地道。夜已经很深了，我们才看见又有六名警察赶来，后面还跟着接运俘虏的马车。

俘虏们一个挨一个躺在马车里。警官很仁慈，他下令取出塞在他们嘴里的东西，他们用好多难听的话辱骂警察。警察们不予理会。

这时，我陪警官往地道里走去，八个警察跟在后面。地道一直通往下面，尽头便是强盗们的老窝。有一间地下室是他们的马厩，我的那些伙伴们就被关在这里。果然，它们的尾巴上都拴着一块石头。警察们一摘去石头，它们就一个个地放开喉咙大叫。地道里有回音，声音听起来特别浑厚响亮。

“静一静，你们这些驴子，”一个警察说，“不然我们又要给你们坠上石头了。”

“让它们叫吧，”另一个警察回答，“它们是在为卡迪肖唱赞歌呢。”

“我真希望它们换一副嗓子来唱。”第一个警察笑着说。

“这个人肯定不喜欢音乐，”我对自己说，“他怎么可以责怪我那些伙伴们的声音呢？我可怜的伙伴们，它们是在歌唱重获自由呢！”

我们继续朝前走。一条地道里堆满了赃物，另一条地道里关着强盗们的俘虏。这些俘虏被迫为他们服务：为他们做饭做菜，收拾桌子，打扫地道，还有的在制作衣服和鞋子。还有一些更加不幸的人，他们已经被关在这里两年了，强盗们把他们两个两个地铐在一起，胳膊和脚脖子上都系着小铃铛，这样强盗们就能随时知道他们在干什么了。两个强盗日夜不停地监视他们，不让他们聚在一起反抗。那些做衣服的人倒是都集中在一起，但是他们的锁链都互相连接，干活儿的时候，强盗就把锁链拴在墙上一个固定的铁环上。

后来我才发现，这些不幸的人都是两年前来参观废墟，后来下落不明的观光旅游者。他们一共有十四个人，他们告诉我们，强盗当着他们的面杀死了三个人——两个因为生病，另一个是因为不肯为强盗干活儿。

警察解救了这些可怜的人，把驴子送回村庄，把受伤的人送进医院，又把强盗们投进监狱。后来法院对他们做出判决，头目被判处死刑，其他人被遣送到边远地区。

至于我嘛，我赢得了所有人的称赞。每次出门，我都能听到有人在指指点点地说我："这就是卡迪肖，大名鼎鼎的卡迪肖，它比这里所有的驴子加起来都值钱哩。"

9 打猎

第二天就要打猎了。老奶奶的另外两个孙子比埃尔和亨利早就做好了准备，这是他们有生以来第一次打猎呀！他们把枪斜挎在身上，把猎物袋背在肩上，眼睛里闪烁着兴奋的光芒。他们一副骄傲得意、争强好胜的样子，好像以为这个地区的所有猎物都会乖乖地扑倒在他们脚下似的。我远远跟在他们身后，看见了他们为打猎做的准备。

“比埃尔，”亨利很有把握地说，“如果我们的猎物袋都装满了，再打了野味往哪儿放呢？”

“我也正在琢磨这个问题呢，”比埃尔回答，“我去叫爸爸把卡迪肖带上。”

我可不喜欢这个主意。我知道，这两个小猎手一定会胡乱射击，丝毫不管前后左右有些什么人。他们很可能把铅弹射到我身上来，还以为自己瞄准了山鹑呢。我焦急不安地等待他们向大人申请的结果。

“爸爸，”比埃尔对刚走过来的爸爸说，“我们可以带上卡迪肖吗？”

“为什么？”爸爸笑眯眯地回答，“啊，你们想骑着驴子打猎，追捕山鹑！如果想这么做，得首先给卡迪肖装上翅膀才行。”

亨利很不高兴地说：“才不是呢，爸爸，我们带上它，是想等猎物袋满了，要它帮我们驮猎物。”

爸爸吃了一惊，随即咧开嘴笑了：“帮你们驮猎物！你们这两个小家伙想得太天真了，竟以为你们真能猎到东西，甚至好多东西吗？”

亨利生气了：“当然啦，爸爸。我衣服口袋里有二十粒子弹，我起码可以打下十五只猎物。”

爸爸放声大笑：“哈！哈！哈！真有意思！想得真妙！你们两个，再加上你们的朋友奥古斯特，你们知道你们会消灭什么吗？”

“消灭什么，爸爸？”

“消灭时间，别的一无所获。”

亨利气坏了：“原来你是这么想的，你把我们想得那么蠢，那么笨，认为我们什么都打不着，那你为什么还要给我们猎枪，为什么还要带我们去打猎？”

爸爸说：“我是为了让你们学会打猎才带你们一块去的，小傻瓜。第一次打猎，谁都别想打到什么。有了几次失败，才能学会打到猎物。”

这时奥古斯特来了，打断了他们的谈话。奥古斯特信心十足，准备见什么猎什么。亨利和比埃尔已经气得脸色通红，奥古斯特也加入到他们的行列里。

比埃尔说：“我爸爸认为我们什么也猎不到，奥古斯特，我们要让他看看，我们决不像他想的那么蠢。”

奥古斯特说：“消消气，别激动，我们打到的猎物一定会超过他们。”

亨利问：“怎么会？”

奥古斯特回答：“因为我们年纪小，活泼灵巧，动作敏捷，而我们的爸爸们已经有点老了。”

亨利说："对，没错。爸爸已经四十二岁了，比埃尔才十五岁，我才十三岁，差别多大啊！"

"再看看我爸爸吧，"奥古斯特说，"他都四十三岁了，我才十四岁。"

比埃尔说："听着，我准备不跟爸爸商量，就给卡迪肖驮上篓子，它会跟着我们的，我们就让它帮咱们驮猎物。"

"行，太棒了，"奥古斯特说，"带上最大的篓子，如果我们猎到一头狍子，就可以有足够的地方放它了。"

亨利一副成竹在胸的样子。我心里暗暗嘲笑他们异想天开。我知道肯定不会有什么狍子，回来的时候篓子还会和出发时一样空空如也。

"上路喽！"爸爸喊道，"我们在前头走，你们这些小家伙在后面跟着。等到了原野上，我们就散开……"

"怎么回事？"爸爸吃惊地说，"卡迪肖怎么跟着我们？它背上还驮着两只这么大的篓子？"

"是为了装这几位先生的猎物。"随从笑着说。

爸爸笑了："哈！哈！他们就自作主张这么做了……嘿，如果卡迪肖不怕浪费时间，我倒也愿意它跟着我们去打猎。"

他微笑着看看比埃尔和亨利，两个孩子放心地嘘了口气。

“你的枪上膛了吗，比埃尔？”亨利问。

“还没有呢，”比埃尔回答，“上膛下膛的太麻烦了，我情愿等看到一只山鹑再说。”

到了原野上，爸爸说：“现在都排成一条直线前进，只许朝前面射击，不许左右开枪，免得伤害同伴。”

很快，就有山鹑从我们这里飞起来。我小心地跟在后面，和他们保持一段距离。我这么做是对的，以前曾有不止一只猎狗挨了铅弹子。猎狗的工作是寻找猎物，守住猎物，然后帮着把猎物衔回来。

他们一行人都在射击。我一直在注视着我的三个小吹牛大王的行动。我看见他们不停地放枪，却什么也没打中。这三个孩子连野兔、山鹑的边都没擦着。他们沉不住气了，也不再考虑射程，忽而太远，忽而太近，有时三个人同时射击同一只山鹑，结果还是让它飞走了。爸爸们则不同了，他们干得真不赖，每扣动一下扳机，猎物袋里就会多一份收获。打猎进行两小时后，爸爸向比埃尔和亨利走来。

“怎么样啊，孩子们？卡迪肖背上大概沉甸甸的了吧？还有地方让我把我这猎物袋里的东西倒出来吗？它太沉了。”

孩子们没有回答。他们从爸爸嘲笑的神态里看出，爸爸已知道他们一无所获。我跑过去，把一只篓子对着爸爸。

“怎么，什么也没有？”爸爸说，“你们的猎物袋如果装得太满是会被撑裂的。”

猎物袋也是空空的、瘪瘪的。看着小猎手们尴尬的样子，爸爸哈哈大笑。他把猎物袋里的猎物倒进我背上的一只篓子，回到待在一旁的猎狗身边。

奥古斯特说：“你们的爸爸确实打了好多好多山鹑，可是他有两只狗替他守住猎物并把猎物叼回来。我们呢，我们一只猎狗也没有！”

亨利说：“没错。咱们可能也打中了不少山鹑，就是没有猎狗替咱们叼回来。”

比埃尔说：“但是我没看见有山鹑掉下来呀。”

奥古斯特说：“那是因为山鹑中弹后并不立刻跌落，它还要再飞一会儿，然后在很远的地方掉下来。”

比埃尔说：“可是爸爸和叔叔射击时，山鹑立刻就掉下来了。”

奥古斯特说：“那是因为你离得远，才会有这样的感觉。如果你站在他们的位置，就会看见中弹的山鹑还要飞好一会儿呢。”

比埃尔没再吭声，但看来他并不完全相信奥古斯特的话。他们行进的步伐再不像出发时那么轻快敏捷、信心十足了。他们开始问起时间来。

“我饿了。”亨利说。

“我渴了。”奥古斯特说。

“我累了。”比埃尔说。

可是他们还得跟着其他猎手，看着他们开枪，击中猎物，享受打猎的欢乐。不过大人们并没有忘记他们的小伙伴们，为了不让他们过分疲劳，就提议停下来吃午饭。小家伙们高兴地接受了这个建议。人们把狗唤回，牵着它们朝百步以外的一个农庄走去，奶奶已经派人把食物送到那里。

他们在一棵老橡树下席地而坐，把篓子里的收获取出来摊在地上。和往常打猎一样，奶奶准备的食物里有鸡肉馅饼、火腿、清煮蛋、奶酪、果酱、蜜饯、酒味水果蛋糕、一大块奶油蛋糕和几瓶陈年老酒。猎手们，无论老少，胃口都特别好，他们狼吞虎咽地吃，把过路人都看呆了。奶奶似乎把他们都想象成饿鬼，她准备的东西也太多了，结果还有一半食物留给了随从和农庄里的人。狗们吃面包片充饥，喝水塘里的水解渴。

“你们玩得不开心吗，孩子们？”奥古斯特的爸爸说，“卡迪肖可不像是满载而归的样子啊。”

奥古斯特说：“这没什么可奇怪的，爸爸，我们没有狗，你们把狗都占了。”

爸爸说：“啊！你以为一只、两只、三只狗就能帮你们击中从你们鼻子底下飞过的山鹑吗？”

奥古斯特说：“虽然不能，可是它们会寻找猎物，并把我们击中的猎物叼回来，而且……”

爸爸很吃惊地打断他的话说：“你们击中的猎物！你们以为自己击中了山鹑？”

奥古斯特说：“当然啦，爸爸。就因为我们没看见它们落下，才不能去捡回来。”

爸爸还是很吃惊：“你以为你们看不见它落下？”

奥古斯特说：“对，因为我们的眼睛没有狗眼尖。”

爸爸、叔叔和随从忍不住哈哈大笑，把孩子们气得小脸通红。

“听着，”比埃尔和亨利的爸爸最后说，“既然是因为狗的缘故，你们没有得到猎物，那么待会儿打猎的时候你们就选一只狗去吧。”

比埃尔说："可是狗不会跟我们走的，爸爸，它们只认你们。"

父亲说："为了让它们听从你们指挥，我们派给你们两名随从，另外我们比你们晚半小时出发，这样狗就不会往我们这边跑了。"

比埃尔顿时眉开眼笑："啊，谢谢爸爸！这太好了！有了猎狗，我们肯定像你们一样，也能打下那么多猎物。"

午餐结束了，人们在休息，几个小猎手却摩拳擦掌，迫不及待地想赶紧带着狗和随从再去打猎。

"这下我们才像真正的猎人了。"他们兴高采烈地说。

他们又出发了，我和上午一样跟在他们后面，一直保持着一段距离，刚才爸爸们已经叮嘱过随从，不要离开孩子们，以免他们冒冒失失地闯祸。

像上午一样，山鹑从四面八方飞起；像上午一样，孩子们不停地扣动扳机；像上午一样，他们一无所获。

但那些狗还是尽心尽力地忙着，寻找猎物，守住猎物；却再也没有叼回猎物，因为没有猎物可以叼回。

终于，奥古斯特不耐烦了。怎么老也射不中呢！他看见一只狗在那里守住猎物，就想在猎物起飞前扣动扳机，这样可能命中率大些。于是他瞄准、射击……只见那只狗挣扎了一下，痛苦地喊叫一声，扑倒在地。

“该死！这是我们最好的狗啊！”随从大叫着朝那只狗扑去。等他赶到，狗已经断了气。它的脑袋上中了一枪，身子软绵绵的，一动不动，毫无生气。

“瞧你干的好事，奥古斯特先生！”随从说着，把可怜的狗放回地上，“我就知道这次打猎不会有什么好结果。”

奥古斯特吓傻了，呆呆地站着。比埃尔和亨利也被猎狗的死惊呆了。随从气极了，一言不发地瞪着奥古斯特。

我走到近前，想看看因奥古斯特的自私和愚蠢而惨死的究竟是哪一条狗。啊，是梅达尔！我心头涌起一阵悲伤。梅达尔，我的朋友，我最好的朋友！当我看到随从把梅达尔提起来放在我背上的一只篓子里的时候，我是多么惊愕和悲痛啊！这就是我必须背负的猎物吗？！梅达尔，我的朋友，居然死在一个愚蠢而狂妄的坏男孩的枪口下！

我们朝农庄的方向走去，孩子们一声不吭，随从不时地骂一两句粗话。看到凶手必须接受这般严厉的责骂，我心里感到一丝安慰。

来到农庄，我们发现大人们还在这儿。他们没有了狗，就在这里歇着，等候孩子们归来。

“这么快就回来了！”他们看见我们，喊道。

比埃尔的爸爸说：“看来他们确实收获不小。卡迪肖好像是满载而归了。有一只篓子里好像装着什么重东西。”

他们站起身来迎接我们。孩子们怯生生地不敢上前，脸上满是愧意，这使爸爸们很吃惊。

“不像是凯旋的样子嘛！”奥古斯特的爸爸说。

“也许他们把牛犊或羊羔当成一只兔子打回来了。”比埃尔和亨利的爸爸笑着说。

随从走近他们。

爸爸说：“怎么啦，米肖？你怎么和猎手们一样，也是一副尴尬相呀？”

“当然是有原因的，”随从回答，“我们打到一件令人伤心的猎物。”

“什么呀？”爸爸笑着问，“一头羊羔、牛犊，还是小驴子？”

随从说：“唉，先生，一点儿也不好笑呀。看吧，这是你的狗梅达尔，它是这些狗中最棒的。奥古斯特先生把它当成一只山鹑，一枪打死了。”

“梅达尔！”爸爸惊叫道，“……你这个笨蛋，真不该带你来打猎……”

“过来，奥古斯特，”他爸爸对他说，“这就是你狂妄自大的后果！跟你的朋友们告别吧，小先生！回去把你的枪放在我的房间里，不许再碰它了，等你脑子清醒，有了自知之明再说！”

“可是爸爸，”奥古斯特用满不在乎的口吻说，“我不明白你干吗这么恼火。打猎的时候误杀个一只两只猎狗，这是很平常的事嘛。”

“误杀个一只两只猎狗？！……平常的事？！”他爸爸惊呆了，喃喃地重复，“这实在太过分了！……这些关于打猎的高谈阔论，你是从哪儿听来的，小先生？”

“可是爸爸，”奥古斯特还是那副满不在乎的样子，“谁都知道，大人们打猎的时候经常把狗打死。”

“对不起，我亲爱的朋友们，”爸爸转脸对各位先生说，“原谅我把奥古斯特这样一个没有教养的孩子带了来。我不知道他竟有这么愚蠢，这么厚颜无耻。”

然后他又对儿子说：“听见我的命令了吗，小先生？走吧。”

"可是爸爸——"奥古斯特说。

"住嘴！"爸爸严厉地说，"我已经说过了，别再废话！难道你想要我用通条[1]抽你？"

奥古斯特耷拉下脑袋，懊恼地离开了。

"你们看见了吧，孩子们，"比埃尔和亨利的爸爸说，"狂妄自大，没有本领却自以为了不起，这会造成什么样的后果啊。发生在奥古斯特身上的事也同样会发生在你们身上。你们都把射击想象得太简单了，以为想打中就能打中。现在看看后果吧。从今儿早上起，你们三个人的表现就很荒唐。我们的忠告和经验之谈，你们根本听不进去。就是你们三个，害死了我那可怜的梅达尔。从这件事情上看，让你们打猎还为时过早。过一两年再看吧。你们还是回到花园，回到那些儿童游戏中去吧，这对大家都会好过些。"

比埃尔和亨利埋下脑袋，没有搭腔。人们心情沉重地回到家里。孩子们想亲自把我那不幸的朋友埋在花园里。

下一章我将要讲述我和梅达尔的故事，你们听了就会明白我为什么如此喜爱它。

[1] 通条是用来清理枪膛的细杆，前端可装擦枪布、铜刷或其他配件。为避免损伤枪膛，通条材质通常较软或外覆塑胶。——编者注

10 梅达尔

我和梅达尔相识已久。在我很年轻、它更年轻的时候，我们就相互认识、相互爱护了。那时，我被驴贩子卖给一户狠毒的农民，过着暗无天日的凄惨生活。他们从不给我吃饱，我瘦得皮包骨头。梅达尔当时是这家的看门狗，而且还是出色的、一流的猎狗，它的境况比我稍好一些。它逗孩子们玩儿，他们拿面包和喝剩的牛奶给它。而且，它还偷偷告诉我，它经常可以跟在女主人或女仆后面溜进乳品商店，每次总能想法儿偷吃几口牛奶或奶油，捡几小块人们搅拌黄油时掉在地上的黄油。梅达尔心地善良，它看到我瘦弱不堪，很为我难过。一天，它叼来一小块面包，得意扬扬地递给我。

“吃吧，我可怜的朋友，”它用狗的语言对我说，“他们给我的面包很多，我已经吃饱了。你一天到晚尽吃些带刺儿的树枝和烂草叶儿，经常填不饱肚子。”

“梅达尔，我的好朋友，”我对它说，“我知道你一定是省下了自己的口粮。我没有你想的那么苦。我一直吃得少，睡得少，干重活儿，挨打受骂，早就习惯了。”

“我不饿呀，好朋友，”梅达尔对我说，“我向你保证，我真的不饿。如果你还把我当朋友，就收下这份小礼物吧。虽然就这么一点点，却是我真心诚意送给你的，不要拒绝我吧，不然我会伤心的。”

“好吧，我接受，我的好朋友，”我回答，“因为我爱你，梅达尔。对你说实话吧，这块面包肯定会让我好过许多，我现在正饿着呢。”

我吃下好心的梅达尔给我的面包。它看着我迫不及待地咀嚼、吞咽，脸上露出快慰的神情。吃下这顿额外点心，我感到精神大振。我把这种感觉告诉了它，认为只有这样才能表达我的感激。结果从那以后，它每天都把人们给它的最大的一块面包拿来给我。

晚上，它陪我一起睡在大树下面或灌木丛里。我们交谈着，别人却听不见，因为我们进行的是无声的交谈。我们这些动物不像人类那样用嘴说话，但是我们只要眨眨眼睛，点点头或摇摇头，扇扇耳朵或摆摆尾巴，就了解对方的意思了。我们交谈得一点儿不比人类差。

一天晚上它来陪我的时候，我看见它没精打采、闷闷不乐的。“我的朋友，”它对我说，“我怕是不能再拿面包给你吃了。主人们认为我已经长大，应该整天被拴起来，只有晚上才放开。而且，女主人还骂了孩子们，说他们给我的面包太大了。她不许他们以后再拿东西给我吃，她要亲自来喂我，使我成为一条出色的看家狗。”

“梅达尔，我的好伙计，”我说，“如果你为不能拿面包给我吃而难过，那是没有必要的。我不再需要面包了。今天早上，我发现装干草的棚子的墙上有一个洞。我已经吃了一些，以后我每天都可以不费劲地吃到干草了。”

“真的吗？”梅达尔叫道，“听了你的话，我真高兴。唉，我还是愿意与你分享我的面包。而且，我整天被绳子拴着，不能来见你，我好难过啊！”

我们又交谈了一阵，夜很深了，它才离开我。

“白天我会有时间睡觉的，”它说，“这个季节你也没有多少事情要干。”

果然，第二天白天我一直没有见到我可怜的朋友。傍晚的时候，我焦急不安地等待着，却突然听到它凄惨的叫喊声。我赶紧跑到篱笆旁边，只见坏心肠的女主人揪住梅达尔脖子上的皮，她儿子于勒正挥舞着一根马鞭在揍它。

篱笆有一处没有扎严实，漏出一个缺口。我穿过去，奔到于勒身边，一口咬住他的胳膊，鞭子从他手里落到地上。女主人放开梅达尔——这正是我所希望的——我也松开了于勒的胳膊。

我回到我的畜棚。过了一会儿，我隐约听见女主人气势汹汹地朝于勒喊道：“把鞭子给我，我要教训教训这头畜生！我还真没见过这么可恶的驴子呢。快把鞭子给我，不然你就自己去打它。”

“我的胳膊动不了，”于勒拖着哭腔说，“肿起好高呢。”

女主人捡起掉在地上的鞭子，三步并两步地向我冲来，要为她的坏儿子报仇。你们知道，我才不会傻乎乎地等着挨揍呢。她刚一挨到我身边，我就敏捷地一步跳开，她追上来，我再跳开，千方百计不让鞭子落到我身上。我这么一跑

一停、一跑一停地捉弄她，玩得很开心。只见她渐渐地步子跑不稳了，气也喘不匀了，越来越怒火中烧。她被我捉弄得满头大汗，却没有伤着我一根驴毛。这个坏心眼的女主人累得几乎趴下，身上衣服都被汗湿透了，可是她的鞭子一次也没有打到我。这下，我算是为我的朋友报了仇，真解气！

我用目光寻找梅达尔。刚才我看见它朝我的畜栏里跑去了。可是它不在，它要等那狠心的女主人走了才敢露面。

"混蛋！恶棍！等你落到我的棒子下，我会让你偿还今天的一切！"气疯了的女主人嚷嚷着离开了。

四下里没人了，我喊着梅达尔的名字。它小心翼翼地从水沟里钻出来。原来它是躲在那里了。我朝它跑去，说："出来吧！她已经走了。你闯了什么祸？她为什么让于勒打你？"

"因为我捡了孩子们放在地上的一块面包，正好给她看见了，就冲我扑来，喊于勒拿鞭子抽我，真狠哪！"

"难道没有人保护你吗？"

"保护我？有的，当然有！他们都喊着'干得好！干得好！揍它，于勒，看它以后还敢不敢了！'于勒回答'放心吧，我的胳膊可不是豆腐做的。你们看着，我要让它放声歌唱'。我一喊叫，他们就都拍着巴掌喊'太好了！再来一个！

再来一个！’”

“这帮小坏蛋！”我感叹道，“可是你为什么要去捡那块面包呢？难道他们没有给你晚饭吃？”

“给了，给了。我是吃了，可是我汤里的面包都是碎屑，没法带给你。如果我能捡到孩子们掉在地上的那一大块面包，你就能美餐一顿了。”

“我可怜的梅达尔，你是为了我才挨打的呀！……谢谢你，我的朋友，谢谢你。你的情意，你的好心，我一辈子都不会忘记！……可是以后不要再这么做了，我求你。你想，如果我知道这块面包使你遭受折磨，我还能开开心心地吃它吗？只要知道你过得舒心快乐，我就是光吃刺儿菜也会很快活。”

一天，发生了一件令我悲哀的事情。一位过路的先生看见了梅达尔，唤它过去抚摸了一番。然后他去找农场主，想花十法郎把梅达尔买走。农场主本以为他的狗值不了几个钱，听了这个价钱高兴坏了。就这样，我可怜的朋友立刻被拴上一截绳子，被它的新主人牵走了。它眼巴巴地望着我，目光很痛苦。我急得在栏里跑来跑去，想找个缺口钻出去。可是，缺口已经被补好了。唉，我竟不能为我亲爱的梅达尔

送别了。

从那天起，我一直闷闷不乐。不久，就发生了集市上的那件事，我逃进了森林。后来的几年里，我常常、常常地想起我的朋友，真希望能再次见到它。可是在哪里才能找到它呢？我只知道它的新主人不住在当地，只有拜访朋友时才会再来。

后来，我被我的小雅克带到奶奶家。过了些日子，我看到跟叔叔们、比埃尔和亨利在一起的居然是梅达尔——我亲爱的好朋友梅达尔，我那高兴的心情就甭提了。人们看见梅达尔向我跑来，亲我蹭我，我走到哪儿它都跟着我，都惊讶得不得了。他们以为梅达尔高兴是因为来到旷野，而我高兴是因为有了一个伙伴一同散步。如果人们能够理解我们，懂得我们长长的对话，就会明白我们为什么彼此依恋。

我告诉梅达尔，我现在的生活是多么幸福安宁，主人们待我是多么慈善，我在当地是多么大名鼎鼎……它静静地听着，为我感到高兴。当我讲述我那些悲惨的遭遇时，它和我一起叹气。听我说到我在驴子赛跑中一举夺魁，它激动得浑身颤抖。它感叹可怜的波利娜的父母忘恩负义，并为这个不幸的小姑娘的凄惨命运洒下了眼泪。

11 驴博士

一天，在房子旁边的草地上，我悠闲地啃着青草，孩子们在追逐嬉戏。路易丝和雅克在我身边玩耍，比赛看谁能敏捷灵巧地爬到我背上来。

路易丝已经表现出她的机灵，雅克也毫不费劲地爬到了我背上。这时，又有一大帮欢天喜地的孩子跑了过来。“路易丝、雅克，有好消息，后天我们要去赶集，去看一头驴博士。”孩子们说。

赶集的那天到了。出发前一小时，人们把我彻底清洗了一番。他们用毛刷子刷，用板刷子刷，弄得我好不耐烦。最后，他们还给我配了一套崭新的鞍子和缰绳。

爸爸们也准备好了，他们把小孩子抱到我背上。我出发了，步子迈得很悠闲，因为我不想把跟在后面的爸爸们累坏。

一小时后，我们到了集市上。在用绳子围起来的表演场外，已经围着不少人，都在等着欣赏驴博士的博学多才。爸爸们把我和小家伙们安排在紧靠绳子的地方。待会儿，其他的男主人和女主人也要来和我们一起观看。

一阵锣鼓声响起，我那身为博士的同胞就要上场了。观众们都目不转睛地盯着栅栏门。终于，门开了，驴博士出来了。它瘦弱不堪，神态凄凉，好像受了不少苦难。主人在叫它，它毫无热情，甚至还有点害怕地走上前。我看得出，这头可怜的驴子为了学会它那点东西，准是挨了不少打。

“女士们，先生们，”主人说，“我非常荣幸地向你们介绍驴中之王，米赫里。女士们，先生们，这头驴子可不同于其他蠢驴。这是一头驴博士，它的知识比在座的许多人还多。这是一头出类拔萃、无与伦比的驴子。来吧，米赫里，让我们看看你都会些什么。首先，做一个有教养的驴子，向先生、太太们敬个礼吧。”

我一向很骄傲，他的这段话惹得我很生气，我决定在这场表演结束前为自己扬名。

米赫里朝前迈了三步，苦巴巴地点点脑袋敬了个礼。

“去，米赫里，把这束花送给这里最漂亮的女士。”

看见大伙都伸着双手，准备接受那束花，我觉得特别好笑。米赫里在场子里转了一圈，最后停在一位臃肿的丑女人面前。我看得出她就是主人的妻子。她手里拿着一块糖，米赫里就把花放在她手上了。

它的审美太差了，真让我感到气愤。我一下跳过绳子，来到场地中间，把所有人都惊呆了。我用优雅的姿势向观众敬礼，左、右、前、后，连敬了好几个。然后，我毫不犹豫地走到那个胖女人跟前，一口夺下她手里的花，走过去把它放在美丽的小姑娘的膝盖上。在一片喝彩声中，我回到自己的位置上。

每个人都在纳闷这是怎么回事。有人以为这也是事先安排好的，以为一共有两个驴博士，而不是只有一个。也有人认识我或看见我和我的小主人们待在一起，他们都被我的聪明举动逗得开怀大笑。

米赫里的主人可一点儿都不高兴。米赫里倒是对我的所作所为无动于衷。我发现它特别愚蠢，比我们这里所有的驴子都傻。等场上平静下来，主人又召唤米赫里。

“来，米赫里，刚才你向这些先生、太太们显示了你鉴别美的能力，现在让他们看看，你还能够识别愚蠢。拿上这顶帽子，把它戴在观众席里最愚蠢的那个人头上。”他拿给它一顶花里胡哨的驴帽，上面挂满小铃铛和各种颜色的彩带。米

赫里用牙齿叼住它，径直朝一位红头发的胖男孩走去。男孩主动低下头，准备接受那顶帽子。这个男孩和刚才那个被当成大美人的胖女人像一个模子里刻出来的，显然他是主人的儿子，他们都是合计好的。

“好啊，”我想，“该是我报仇雪恨的时候了。看他刚才那番话是怎么侮辱我们的。”

没等人们注意到我，我就猛地冲进场地，跑到那个驴博士身边，在它正把驴帽子往胖男孩头上戴的时候，我一口把帽子夺了过来，没等主人回过神来，我已跑到他面前，用两条前腿搭在他的肩膀上，想把帽子戴到他的头上。他拼命挣扎，想挣脱我，气得脸色通红，而四周的观众一阵又一阵地欢呼叫好。

“好样儿的驴子，”人们大笑着，“它才是真正的驴博士呢！”

观众的热烈喝彩使我更加激动，我使劲儿把驴帽子往他头上套。他朝后退，我向前逼，最后我们俩都扑倒在地。他四肢着地在地上爬，我呢，就在后面追。我不想伤着他，这样就很难给他戴上帽子。最后，我敏捷地跃到他背上，把两只前蹄搭在他的肩头，使劲儿压他，把他压趴下了。趁他动弹不得的时候，我把驴帽子扣在他脑袋上，往下一拍，盖住了他的下巴颏儿。随即，我起身离开。

那个人爬起来了。可是由于眼睛给帽子遮住看不清，而且被我吓得魂飞魄散，他不会走路了，只会在原地跳脚转圈。我呢，为了搞恶作剧，故意模仿他的怪动作，跳着脚转着圈子，并且时不时地对着他的耳朵大吼一声，吼完便立起后腿学他的样儿，一会儿跳到他旁边，一会儿跳到他面前。

场上，哄笑声、欢呼声、口哨声、叫好声，一片喧闹，震耳欲聋。世上还有哪头驴子有过如此辉煌的胜利，如此得意的时刻！场上的观众都向我奔来，抚摸我，拥抱我，凑近了端详我。认识我的人都为我感到骄傲，热切地向不认识我的人介绍我的情况。他们讲了一大堆我的丰功伟绩，有的是真的，有的是胡编乱造的。他们说，我有一次独自开动一台抽水机，扑灭了一场大火，然后又独自奔上三楼，推开女主人的房门，这时楼梯间、窗户上已经是火焰熊熊，我小心翼翼地把女主人放到我的背上，从三楼跳了下来。我和女主人都没有受伤，因为有天使在暗中保护，让我们缓缓地、平安地落到地上。还有一次，我只身消灭了五十个强盗，一口一个地咬住他们的脖子，使他们透不过气来，来不及叫喊给同伙们发警报。然后，我又深入地道，释放了一百五十个可怜的人，强盗们把他们关在里面，准备养肥了吃他们的肉。另外还有一次，我在有几千匹骏马参加的赛跑中夺得第一，我驴不停蹄，五小时跑了一百公里。

这些传闻越传越广，人们对我也就愈加敬佩。他们推呀挤呀，都想站到我身边来，警察不得不出来驱散人群，维持秩序。幸好，人们往我身边挤的时候，路易丝和雅克的爸爸就把孩子们带走了。我使出吃奶的劲儿，甚至还靠了警察的帮助，才突出重围。人们还想把我举起来欢呼胜利。为了逃避这荣誉，我不得不用上了我的牙齿，还尥了几个蹶子，不过我十分小心地避免伤着人，只是想让他们害怕，为我闪开一条路。

我从人群中出来以后，立刻寻找路易丝和雅克，可是到处都不见他们的人影。我真不希望我亲爱的小主人步行回家。这么远的路会把他们的小腿累坏的。我没有浪费时间，赶紧跑到人们拴马和放马具的马棚，也没有找到他们。看来他们已经出发回家了。

我沿着大马路全速奔跑，很快我就赶上他们了，他们大人小孩都挤在马车里，两架四轮马车里一共坐了十五个人。

“看哪，是卡迪肖！是卡迪肖！”孩子们看见我，七嘴八舌地嚷起来。

马车停下了。路易丝和雅克嚷嚷着要下来，搂抱我，亲近我。然后，让娜和亨里艾特，比埃尔和亨利，伊丽莎白、玛德莱娜和卡米尔也都下车拥抱我。

“看见了吧，”路易丝和雅克说，“我们比你们了解卡迪肖的心思。你们看它多聪明呀！它一眼就看透了那头笨驴子米赫里和它的笨主人的鬼花招。”

“没错儿，”比埃尔说，“不过我不太明白它为什么一定要给那个主人戴上那顶驴帽子呢？难道它知道主人是个笨蛋，而戴驴帽子是笨蛋的象征吗？”

卡米尔说：“那还用说，它当然知道，它多聪明呀！”

一路说说笑笑，很快就到家了。孩子们欢天喜地地跑进屋子去找奶奶。他们把我在集市上做的事情一股脑儿告诉了奶奶，还绘声绘色地描述当时观众们目瞪口呆的惊讶样儿。

“真是难得啊，这个卡迪肖！”她叹息着，走过来抚摸我，“我也见过一些很聪明的驴子，比其他动物聪明多了，可是像卡迪肖这样的，我还从未见过呢！说实话，人们对驴子是很不公正的。”

我转过脸用理解的目光看着她。

“以前人们都说它能理解我的心思。我可怜的卡迪肖，你放心吧，只要我活在世上，就绝不把你卖掉，而且要好好照顾你，把你当作什么都能理解的好驴子来对待。”

想到我的老主人的年纪，我不由暗自叹息，她已经五十九岁，而我才九岁半。

“我亲爱的小主人呀，我求求你们，等你们的奶奶死了，可要好好待我呀，千万不要把我卖掉，让我在你们身边，服务到死吧。”

后来，我才为那位不幸的驴博士主人感到难过，后悔自己对他做的恶作剧。你们看到了，我为了炫耀自己的智力，干了多么大的坏事呀。

奥古斯特，就是那个狂妄自大、打死我的朋友梅达尔的男孩，也受到了惩罚。你们知道，我忍不下心中那股怒气，千方百计找机会治他，让他吃苦头，因为当时我没有一颗仁慈的心，还没有学会宽厚待人。

12 小马

为了梅达尔的事，我一直很仇恨奥古斯特，后来我做了一件很对不起他的坏事，至今还后悔不已。

一天，奥古斯特的爸爸把他带来了，孩子们都很高兴。

“我们怎样才能使这个男孩开心呢？”比埃尔问卡米尔。

卡米尔说：“你对他说，我们一起骑着驴子到树林里去。亨利骑卡迪肖，奥古斯特骑农庄上的那头驴子，你呢，就骑你的那匹小马。”

“真是个好主意，”比埃尔说，“但愿他喜欢。”

“他肯定会喜欢的，”卡米尔说，“快给小马和驴子备上鞍子，等都准备好了，就让他骑着驴子和大家一起出发吧。”

比埃尔和奥古斯特来到马厩，请马车夫给小马、我和另外一头驴子装上鞍子。

“啊！你有一匹小马！”奥古斯特说，“我特别喜欢小马！”

“是我奶奶送给我的。”比埃尔说。

“你知道怎么骑到马上去吗？”奥古斯特问。

“知道。”比埃尔说，“从十二岁起，我就在驯马场骑马了。”

“我真想骑你的小马。”奥古斯特说。

“如果你没有学过骑马，我可不同意你骑它。”比埃尔说。

“我没有学过，”奥古斯特说，“但我肯定骑得不比别人差。”

“你一次都没骑过吗？”

“骑过好多次啦！”奥古斯特说，“谁不会骑马呀？”

“你什么时候骑的？”比埃尔问，“你爸爸根本没有马。”

“我没有骑过马，”奥古斯特说，“可我骑过驴子，那是一码子事。”

比埃尔笑了：“我再说一遍，我亲爱的奥古斯特，如果你从来没有骑过马，我劝你不要骑我的小马。”

奥古斯特生气了：“为什么不？你就让我骑一次不行么？”

比埃尔说：“哦，不是我故意不让你骑。这匹小马性子有点烈，它会……”

奥古斯特更生气了：“会怎么样？”

比埃尔说：“会……会把你摔在地上。”

奥古斯特气坏了：“你尽管放心，我并不像你想的那么笨。如果你愿意把它让给我骑，我一定会把它管得服服帖帖，骑得和你一样好，你放心吧。”

比埃尔说：“既然你这么想骑小马，你就骑吧，我来骑农庄上的驴子，亨利骑卡迪肖。”

亨利来了，我们准备出发，奥古斯特走近小马，小马有点兴奋，接连跳了两三步。奥古斯特有点胆怯地看着它。“安静一点儿，让我上去。”他说。

马车夫在一旁说：“没有危险的，先生。这头牲口性子不烈，你不用害怕。”

奥古斯特又生气了：“我根本没有害怕。我露出害怕的样子了吗？我从来不害怕！”

奥古斯特终于战战兢兢地爬上了马背。他一把拉紧缰绳，小马后退了一步，他赶紧贴在马鞍上。

“不要拉缰绳，先生，不要拉。骑马和骑驴可不一样。”马车夫大笑着说。

奥古斯特松开缰绳。我驮着亨利走在前面，比埃尔骑着农庄上的驴子跟在后面。忽然，我心里有了个坏主意。

我加快步伐，小跑着行进。小马赶着想超过我。我跑得更快了，逗得亨利和比埃尔哈哈大笑。奥古斯特大叫起来，紧紧抓住马的鬃毛。我们都在跑，我下定决心，非让奥古斯特摔到地上不可。欢笑声、尖叫声使小马更加激动，它加快步伐，赶上了我。我跟在它后面，在它放慢脚步时，就咬咬它的尾巴。就这样，我们一刻不停地跑了十五分钟，每跑一步，奥古斯特都有落下马背的危险，他只好一直紧紧抱住小马的脖子。

为了让小马跑得更快，我更加用力地咬了一下它的尾巴，它痛得大跳起来，尥了几个蹶子，奥古斯特从坐骑上摔下，落到草坪上，躺在那里一动不动。比埃尔和亨利以为他受伤了，赶紧跳下驴子，冲过去扶他。

“奥古斯特，奥古斯特，你受伤了吗？”他们焦急地问。

“我想没有吧，我不知道。”奥古斯特回答。他慢慢从地上爬起来，仍然惊魂不定地发着抖。

他站在那里，四肢绵软无力，牙齿咯咯地打架，比埃尔和亨利把他从头到脚检查了一遍，没有发现擦伤流血的地方。他们既同情又反感地看着他。

“到这会儿才胆小起来，真够逊的。”比埃尔说。

“我……我……我没有……胆小，就是……就是有点害……害怕。”奥古斯特回答，牙齿一直在打着架。

“我希望你不要再骑我的小马了，”比埃尔又说，“你骑我的驴子吧，我还是骑我自己的马。”

“我愿意骑卡迪肖。”奥古斯特可怜巴巴地说。

“行啊，”亨利回答，“你就骑卡迪肖吧，我骑农庄上的驴子克里森。”

我第一个念头是想阻止这个坏孩子骑到我背上来，但转念一想，又改变了主意。我有了另一个计划，可以更好地报复他，让他这一天都别想过好。于是，我安安静静地让我的小仇人上了我的背，然后远远地跟在小马后面走着。

回农庄的路上，我们要经过一个大坑，确切地说，是一个排水沟，里面都是污水废水和厨房里流出的脏水，人们还往里面扔各种废物垃圾，它们在脏水里腐烂发酵，一起变成了恶臭难闻的黑泥浆。

我让比埃尔和亨利先过去。经过排水沟时，我站在沟边跳了一下，前腿向上一提，就把奥古斯特掀入了淤泥中。我若无其事地站在那里，看着他在臭气熏天的黑泥浆里挣扎。污泥浊水把他的眼睛都糊住了。

他想喊，可是喊不出来，臭水流进他的嘴巴，耳朵里也进了污泥。他拼命挣扎，却看不到沟的边缘在哪里。

我心花怒放。“梅达尔，”我对自己说，“梅达尔，我为你报了仇。”

我没有仔细想想，这样惩罚这个可怜的小男孩实在太过分了，他打死梅达尔并不是因为他残忍心狠，而是因为他狂妄自大又笨手笨脚。我没有想到，和他比起来，我才是坏心眼的那一个。

比埃尔和亨利回到农庄，从小马和驴子上下来，才发现不见奥古斯特的人影，立刻急坏了。他们快步跑到排水沟边，看见我正悠闲自在地站在那里，欣赏奥古斯特在臭水沟里挣扎的惨状。他们惊叫了一声，凑上前来。奥古斯特的处境很危险，他透不过气来，满头满脸的泥浆，眼看就快要淹死了。他们赶紧喊农庄上的仆人拿来一根长竹竿，伸到沟里让奥古斯特抓住，把他拖了上来。

13 惩罚

第二天，太阳都升得老高了，人们才把我放出来。我朝正屋走去，看见孩子们都在台阶前，热烈地交谈着。

“瞧，它来了，坏卡迪肖。”比埃尔看见我走过来，说，“把它赶走，它会咬我们，对我们使坏的，昨天它可把奥古斯特害惨了，真可怜。”

卡米尔说：“后来医生对爸爸说了什么？”

比埃尔说：“他说奥古斯特病得很重，发着高烧，昏迷不醒……”

“什么叫昏迷？”雅克问。

“昏迷，”比埃尔给他解释，“就是一个人发烧发得太厉害，都不知道自己在说什么，也不认识人了，还会觉得自己看见一些实际上并没有的东西。”

“那奥古斯特看见什么了？”路易丝问。

“他老觉得自己看见了卡迪肖，”比埃尔说，“看见它向他扑来，咬他，踩他。医生可着急了，爸爸和叔叔们都去医院了。”

“卡迪肖竟然把可怜的奥古斯特扔进那么恶心的臭水沟里，真够狠毒的。”玛德莱娜说。

“就是，它太坏了。”雅克边喊边朝我转过身来，“去，走开！你是个大坏蛋！我再也不爱你了。”

“我也不爱了。”“我也不。”“我也不。”孩子们七嘴八舌地嚷道，“你走吧，我们不要你。”

我惊呆了。这些孩子，我一直那么喜爱、关心他们，现在却都要赶我走，都不愿意再见到我！

第二天，我迫不及待地想听到奥古斯特的消息。我得到了第一手情报。因为雅克和路易丝让我拉着一辆小车，载他们去看望他。

路上，我们遇到了一个仆人。他正急急忙忙地去找医

生。他告诉我们，奥古斯特整整难受了一夜，刚才突然全身抽筋，把他爸爸吓坏了。

雅克和路易丝在那里一直等到医生来。医生答应在他们走之前告诉他们奥古斯特的病情。

半小时后，他走下台阶。

“怎么样，怎么样了？图杜先生，图杜先生，奥古斯特怎么样？”路易丝和雅克问。

图杜先生的语调很缓慢：“没事，没事，孩子们！不像我担心的那么严重。”

“那么抽筋呢，”路易丝问，“没有危险吗？”

“没有危险，”图杜先生还是慢悠悠地说，“这是因为他神经受了刺激，精神过于紧张。我已经给他打了一针，他很快就会平静下来。不会有事的。”

雅克问：“那么，图杜先生，你不担心他会死了吧？”

“不，不，当然不！”图杜先生还是用那种口吻说，“不严重，绝对不会有事的。”

“噢，太好了！”路易丝和雅克说，“谢谢您，图杜先生。再见，我们要赶紧回去，让表哥表姐们放心。”

“等一等，等一等，”图杜先生说，“给你们拉车的驴子是卡迪肖吗？”

“对，是卡迪肖。”雅克回答。

“那你们可得小心，”图杜先生慢条斯理地说，“它把奥古斯特摔到排水沟里，也会把你们摔进去的。对你们的奶奶说说，最好把它卖了，这头牲口很危险。”图杜先生与大家点头致意后，走了。

我待在原地，又羞又愧，完全惊呆了，忘记了拉车上路，直到我的小主人再三命令我：“走啊，卡迪肖，快点上路！……快走啊，卡迪肖，我们还有急事呢！你想在这里睡大觉吗，卡迪肖？吁！吁！快走！”

我终于出发了。我一口气跑到正屋的台阶前，表哥表姐，叔叔婶婶，爸爸妈妈们都在那里等候消息呢。

“他好一些了！”雅克和路易丝喊道，然后把图杜先生的话一五一十地对大家说了，当然也没忘记图杜先生最后那番忠告。

我心里十分不安，焦急地等待奶奶的决定。她沉思片刻，说：“显然，我亲爱的孩子们，卡迪肖辜负了我们对它的信任。我保证不让你们中间年龄最小的骑它了。只要它再干一件蠢事，我就把它交给磨坊主，他正需要一头驴子帮他驮面粉呢。不过，我还要再观察观察，给它一个机会，它可能会改正的。再过几个月，我们就会看清楚了。”

第二天，奥古斯特的情形更好了。几天以后，他就进入了恢复期，不用别人整天照顾了。可是，我永远也忘不掉这件事了，因为每天总是不断地有人在我周围说：“留心卡迪肖！别忘了奥古斯特的事！”

14 转变

从我把奥古斯特扔进臭水沟里那天起，我的小主人们、他们的父母以及家里的其他人对我的态度有了明显的变化。其他动物也不像以前那样对我了。它们好像都在躲避我。一看见我来，它们就跑开。只要我在场，它们就默不作声。

一天，我像往常一样独自待着，站在一棵冷杉树下打盹儿。我看见亨利和伊丽莎白朝这里走来。他们坐了下来，继续说着话。

“我知道你说得有道理，亨利，”伊丽莎白说，“我的感觉也和你一样。是的，自从卡迪肖恶作剧害了奥古斯特以后，我也不再爱它了。”

亨利说：“还不仅仅是奥古斯特的事。你记得吗，那次在莱格尔的集市上，它对驴博士和驴主人多么狠心呀。”

“啊，记得，”伊丽莎白说，“当然记得，记得清清楚楚。那件事特别奇怪。大家都笑呀笑呀，可是我们发现，卡迪肖虽然显得很聪明，可它是没有同情心的。”

“没错，”亨利说，“它想出那些鬼点子侮辱了那头可怜的驴子和它的主人。听说，那个倒霉的人只好灰溜溜地走了，一分钱也没有挣到，大家都在笑他，学他的样子。离开那里的时候，他的妻子和儿子都哭了。他们没有钱买饭吃。”

“都怪卡迪肖。”伊丽莎白说。

“那当然啦！”亨利说，“要不是它，那个可怜的人准能挣不少钱，够他们生活好几个星期。”

“还有，”伊丽莎白说，“别人说它在以前的主人家里干的那些坏事，你还记得吗？它偷吃蔬菜，打碎鸡蛋，弄脏床单……反正，我和你一样，也不爱它了。”

想不到我竟然落得这个下场。一下子谁都不再爱我了。我整天孤零零地待着，没有一个人愿意过来安慰我、抚摸我。其他动物，也是见了我就跑。“怎么办呢？”我悲哀地问

自己，“如果我能说话，我就会告诉他们我内心的后悔，并请求那些被我伤害过的人原谅我，向他们保证，我将来一定乖乖的，不再犯错误。”唉……我没法儿让他们理解我……我不会说话呀。

我这一天过得很疲劳，内心一直受到痛苦的折磨，忏悔着自己过去的所作所为。晚上，我睡在稻草上，发现我的“床”不如其他牲口的厚实柔软。换在过去，我一定要生气、发火了，可现在我对自己说，这样很合理，很公平。

“我是头坏驴子，”我对自己说，“应该受到惩罚。我惹人讨厌，他们想让我明白这一点。哦，可千万别把我送到磨坊里去呀，在那里我会挨打受骂，吃不饱睡不好的。”我唉声叹气了很长时间，渐渐睡着了。

醒来时，我看见马车夫走了进来，他踢我一脚，催我起来，解下我的笼头，放我自由。我站在门口，呆呆地看着他无微不至地给我的驴伴洗涤刷身，并给它戴上了我那带绒球的漂亮笼头，还把我的英国鞍子也放在它的背上，然后牵着它朝台阶走去。

我难过、伤心，不由自主地跟了过去。我看到雅克，我最心爱的小主人雅克，走到那头驴子跟前，迟疑了一下，就骑了上去，这一情景使我的心一下子碎了。我呆呆地站在那里，心如死灰。好心的小雅克一定看出了我的痛苦，他走到我身边，搂着我的脑袋，悲哀地说：“可怜的卡迪肖！你知道你做的事！我不能再骑在你身上了，爸爸妈妈害怕你会把我摔在地上。再见，可怜的卡迪肖。你放心，我永远爱你。”

说完，他跟在马车夫后面，慢慢离去了。马车夫大声对他说：“雅克先生，你可得留神，别待在卡迪肖身边。它会咬你的，也会咬小驴的。它是头坏驴子，你不是不知道。”

“它从来不对我使坏，而且永远不会。”雅克回答。

马车夫一拍驴子，它小跑着走了，很快就从我的视线里消失了。我待在原地，完全沉浸在悲哀里。我无法表达我的悔恨和改正过错的决心，这更加深了我的悲哀。我再也受不了内心的痛苦，便漫无目的地奔跑起来。我跑呀跑呀，跃过篱笆，跨过沟渠，跳过栅栏，蹚过河流。直到遇到一堵墙，撞不倒也越不过去了。

我站在墙边，听见一阵沉重的脚步声渐渐近了，还听见一个男人的声音在发火：“哭，有什么好哭的，你这笨蛋！眼泪会给你带来面包吗？我身上一个铜板也没有，你要我拿什么给你吃？告诉你，我的肚子也饿着呢，从昨天早上到现在，除了空气和灰尘，我还什么都没下肚呢！”

“我累坏了，爸爸。”

“好吧！我们到墙根下面休息一刻钟，我也巴不得歇会儿呢。”

他们走到墙边，在我旁边坐下了。我惊讶地认出，原来他们就是可怜的驴博士主人、他的妻子和儿子，三个人都面黄肌瘦，疲劳不堪。

那驴博士主人端详着我，显得很吃惊。他迟疑了一下，说：“如果我没有认错，这就是那头驴子，在莱格尔集市上，害得我们丢了眼看就要到手的五十法郎……坏蛋！”

他继续对我说：“都怪你，害得我的米赫里被人群攻击，落得尸首不全。我本来可以挣一笔钱，供我们生活一个多月的，都怪你，害我们吃这么多苦。我要你赔，要你赔！”

他一跃而起，冲到我的身边，我没有躲闪，我知道这是我罪有应得，他有权冲我发脾气。

他惊呆了。

“这么说不是它，”他说，“这头驴子一动不动，像堆木柴……是头好驴子呀。”他抚摸着我的身体，继续说道，“只要它能在我这里待一个月，我的儿子，你就不会没有面包吃了，你妈妈也不会挨饿，我的肚子也不会这么瘪了。”

我立刻拿定主意，我决定帮这个人干几天活儿。为了补偿我给他造成的伤害，我什么苦都吃得，一定要为他和他的家人挣一些钱。

他们又上路了，我紧跟在后面。开始，他们没有发现我。倒是当爸爸的好几次回头，看见我老是跟着他们，就想把我甩掉。可是我一直寸步不离，紧跟在他们身后。

“真怪呢，”那人说，“这驴子硬是跟着我们！好吧，既然它愿意跟着，就让它跟着吧。”

到了一个村子，他找到一家客栈，请求老板让他们进去吃饭、住宿，并且老老实实地说明，他身上一个铜板也没有。

“我这里的乞丐已经够多的了，应付不了你们这些人，我的先生，”客栈老板说，“上别处找地方住吧。”

我蹿到客栈老板身边蹦个不停，接连向他鞠了几个躬，把他逗乐了。

“你这头牲口倒是蛮乖巧的，”客栈老板笑着说，“如果你让他耍把戏给我们看，你们的吃住就由我包了。”

“就这么定了，客栈老板，”那人回答，“我们肯定为你们表演，不过你得先给点东西让我们填饱肚子。饿成这个样子，谁还有力气指挥表演呢？”

“进来，进来，这就有人来招待你们，”客栈老板说，“马得龙，我的好伙计，给这三位上饭，别忘了喂驴子。”

马得龙给他们端来丰盛的饭菜，一眨眼的工夫，就被一扫而光。然后又给他们端来一大盆白菜烧肉，也是一眨眼就被吃得精光，最后是沙拉和奶酪，这下他们吃得稍微斯文一点儿了，看来总算不饿了。

他们给我一大捧干菜，我勉强吃了几口。我的心情太沉重了，根本吃不下东西。

客栈老板去召集全村的人来看我表演敬礼。

很快，场上就挤满了人。我跟着我的新主人走进场子，他显得很尴尬，不知道我到底会些什么，也不知道我是否受过训练，只好碰碰运气了。他对我说：“向大家敬礼。”

我就不停地敬礼，前、后、左、右，哪一边都没漏下。人们大声叫好。

“你再让它干什么呢？”妻子低声地问他，“它不听你的怎么办？”

“也许它可以学会。驴博士都很聪明。我来试一试吧。”

“上，米赫里（这名字使我吃了一惊），去亲亲人群里最漂亮的女子。”

我左右看看，发现了客栈老板的女儿，十五六岁的年纪，是个褐皮肤的小美人。她害羞地躲在人群后面。

我朝她走去，用脑袋驱开挡路的人群。到了她跟前，我用鼻子嗅嗅小女孩的额头，她咯咯笑了，显得特别开心。

“胡特发大伯，你是不是训练过它，嗯？”有几个人笑着问客栈老板。

“没有，真的没有，”胡特发回答，“我也没有想到。”

“现在，米赫里，”那人说，“去找点东西来，不管是什么，然后把它交给这里最穷的一个人。”

我走进人们吃饭的大厅，叼了一块面包，得意扬扬地出来，把它放在我的新主人手上。场上一片大笑声、欢呼声，一位朋友喊道：“这可不是你安排的，胡特发大伯，这头驴子真有点头脑呢，它利用主人的命令为主人谋利益。”

“你会把面包送给他吗？”有人问客栈老板。

“不行，不行，”胡特发说，“把面包还给我，驯驴子的人，这不在我们的协议之内。”

“不错，客栈老板，”那人回答，“不过，我的驴子认为我是这里最穷的人，这一点儿不假，我和我的妻子、儿子，从昨天早上起就没吃一口东西，我们一个子儿也没有，一口面包也买不起。”

“把面包给他们吧，爸爸，”胡特发的女儿说，“我们的大木箱里还有好多呢，而且仁慈的上帝会补偿我们的。”

“你总是这么心软，我的女儿。”胡特发说，“如果听你的，家里的东西还不都送完了？”

“我们不像他们那么穷，爸爸，仁慈的上帝会保佑我们的收成和家产的。”

“好吧……既然你愿意……就让他留着那块面包吧，我没意见。”

听了这话，我立刻走到他面前，朝他深深敬了个礼。然后，我用牙齿叼来一只空的小瓦钵，走到每个人面前，接受施舍。一圈走下来，瓦钵就满了。我把瓦钵里的钱都倒在我新主人的手里，再把瓦钵放回原处。最后我又敬了几个礼，迈着庄严的步子，在观众的喝彩声中退出场地。

我的心情很愉快。我感到很宽慰，也更坚定了自己将功补过的决心。我的新主人显得高兴极了。他正准备退场，全场的观众把他团团围住，恳求他明天再演一场。他热情地答应了，然后和妻子儿子一起到屋里睡觉去了。

他们三个单独在一起的时候，妻子四面张望了一下，看见只有我在场，就把头倚在窗框上，低声对丈夫说："我说，老伴儿，这事儿真是古怪透了。这头驴子从公墓那里出来，自愿跟着我们，还给我们挣了钱！真是见鬼了。你手里有多少钱啦？"

"我还没数呢，"那男人回答，"帮帮我，拿着，你数一把，我数一把。"

"我这里是八法郎四个苏[1]。"妻子数了数，说。

男人说："我这里是七法郎五十苏。加起来……加起来是多少，老伴儿？"

妻子说："是多少呢？八加四是十三，再加七，就是二十四，然后再加上五十，就是……就是……差不多六十吧。"

男人说："你这个猪脑子！莫非我手里有六十法郎？不可能！对了，儿子，你上过学的，总算得出来吧。"

"你说什么？"儿子问。

"我说，你妈有八法郎四个苏，我有七法郎五十个苏，共有多少？"

儿子很有把握地说："八加四是十二，再加一，再加七，

[1]苏，法国辅币，相当于1/20法郎，即5生丁。——译者注

就是二十，再加二，再加五十，就是……就是……五十二，再加五。”

“白痴！”男人说，“怎么会是五十呢？我一只手里是八，另一只手里是七呀！”

“还有那个五十呢，爸爸？”儿子问。

“‘还有那个五十呢？’”男人学着儿子的语气，“你不知道吗，大笨蛋，那是五十个苏，苏怎么会是法郎呢？”

“不是，”儿子说，“可还是有五十呀。”

“五十个什么？”男人问，“你真笨，笨透了！如果我给你五十个耳光，也会变成五十个法郎吗？”

“不会，爸爸，”儿子说，“可还是有五十呀。”

他甩手给了儿子一记响亮的耳光，响彻整幢楼。儿子放声大哭，我气坏了。这可怜的孩子，就算愚笨，也不是他的错呀。“这个男人不值得我同情，”我对自己说，“多亏了我，他才挣了一些钱，可以生活七八天了。明天那场演出，我会为他去演的，然后，我就回我的主人那里去。也许人们会亲切地欢迎我回去。”

第二天，人们牵我出去。新主人把我领到一个围着好多观众的大场子里。一大早，村里的更夫就敲着锣四处高喊：

“今晚有驴博士米赫里的精彩演出，请于晚上八点到市政府和学校前面的场地上集合。”所以，这天的观众特别多。

我开始表演那些旧把戏，又加上诙谐而优美的舞蹈。我跳华尔兹，跳波尔卡[1]。我走到马厩仆人菲尔丁跟前，吼叫一声，邀请他和我一起跳华尔兹。他起先拒绝了，可人们都嚷嚷道：“上啊，上啊，和驴子跳华尔兹！”他就哈哈大笑着走进场地，跳出千百种舞步，我就跟在旁边，尽力模仿他。

[1]波尔卡是捷克的一种民间舞蹈，舞步轻快活泼，流行于19世纪的欧洲。——编者注

后来，我感到有点累了，就让菲尔丁一人独舞，我像昨天一样去寻找一只瓦钵。没有找到，就叼来一只没有盖子的篮子。然后我像昨天一样，把篮子递到每个人面前。一会儿工夫，篮子就满了。我把里面的钱倒在新主人的上衣口袋里，再去继续接受施舍。等观众们都给了钱，我朝他们敬了好几个礼，退了回来。

主人数了数那天晚上挣的钱，一共是三十四个法郎，我觉得我已经为他做得足够多了，足以弥补我以前的罪过，我可以回家了。

我向主人敬了个礼，分开人群，小跑着离去了。

15 将功补过

我千方百计寻找机会，向奥古斯特表现我的悔过之心，可是一直没能找到。

有一天，我正在草坪上吃草，看见孩子们走过来了。奥古斯特和我保持着一段距离，不敢接近我，用怀疑的目光看着我。

比埃尔说：“今天会很热的，走远路肯定不舒服。我们还是待在牧场的树荫底下吧。”

奥古斯特说：“比埃尔说得对，自从那次我病得差点死去以后，我身体一直很虚弱，长时间的步行很容易使我疲倦。”

亨利问："都怪卡迪肖，你才生了这么一场大病。你恨它吗？"

奥古斯特说："我看它不像是故意的。那天它可能在路上看到了什么，突然心里害怕，身子一跳，就把我扔进了那可怕的臭水沟里。所以，我不恨它，只是……只是……"

奥古斯特有点脸红："只是我最好不要再骑它了。"

这个可怜的孩子对我这么宽容，令我非常感动，也更加深了我的内疚。我做了件多么残忍的事呀！

卡米尔和玛德莱娜建议玩烧菜的游戏。花园里有孩子们自己搭的一个烤炉，只需捡来干树枝，就能点火使用。这个建议得到大家的热烈响应。

孩子们跑去让仆人搬出厨房的桌子，他们要在花园里烧菜。奥古斯特和比埃尔捡来树枝，把它们折成两段，塞进炉子。趁着火还没旺，他们聚在一起商量做些什么菜。

"我来做一个摊鸡蛋。"卡米尔说。

"我做咖啡奶酪。"玛德莱娜说。

"我做肋条肉。"伊丽莎白说。

"我做醋拌冻牛肉。"比埃尔说。

"我做苹果土豆沙拉。"亨利说。

“我做草莓冰淇淋。”雅克说。

“我做黄油面包片。”路易丝说。

“我做糖霜。”亨里艾特说。

“我来准备樱桃。”让娜说。

“我来切面包，拿餐具，准备酒和水，为你们大家服务。”奥古斯特说。

于是，每个人需要什么原料、佐料，都到厨房里去问仆人要。卡米尔拿来了鸡蛋、黄油、盐、胡椒粉，一只平底锅和一把铲子。

“快点火，我要下黄油，准备煎鸡蛋了，”她说，“奥古斯特，请你快点儿点火。”

“在哪儿点？”奥古斯特问。

“烤炉旁边，”卡米尔说，“快一点儿，我磕鸡蛋了。”

“奥古斯特，奥古斯特，”玛德莱娜喊道，“快跑到厨房给我找点咖啡，我要做奶酪。我自己忘记拿了，快去，快去啊！”

“我要先帮卡米尔生火呢。”奥古斯特说。

“过会儿再生，”玛德莱娜说，“先帮我去找咖啡，这花不了你多长时间，我这里急着用呢。”

奥古斯特立刻跑着去了。

“奥古斯特，奥古斯特，”伊丽莎白说，“给我拿个烤架和一些木炭，我要烤肋条肉，我已经把它们切好了。”

奥古斯特刚跑去拿了咖啡过来，又赶紧去取烤架。

“给我取点醋来，”比埃尔说，“我要做醋拌冻牛肉。”

“取点苹果和土豆来，我要做沙拉，”亨利说，“快点去取苹果和土豆。”

奥古斯特刚取来烤架，又转身跑去取醋、苹果和土豆。

“哎呀，我的火呢！”卡米尔说，“我的火到现在还没生呢，奥古斯特！我的鸡蛋已经打好了，你不想让我做摊鸡蛋了吗？”

奥古斯特说：“他们把我支来支去，我都没有时间帮你生火了。”

“我要的木炭呢？拿来了吗，奥古斯特？”伊丽莎白说，“你忘记给我拿木炭了！”

“不行啊，伊丽莎白，”奥古斯特说，“我没法儿给你拿，他们让我跑个不停。”

“我要来不及烤肋条肉了，”伊丽莎白说，“你快点，奥古斯特。”

“我要一把小刀切面包，”路易丝说，“快去取小刀，奥古斯特。”

雅克说：“我的草莓里要加些糖，才能做草莓冰淇淋，亨里艾特，快去帮我拿。”

“我倒想给你做糖霜呢，可是我累了，”亨里艾特说，“我想休息一会儿。我渴坏了……”

“快吃点樱桃吧，”让娜说，“我也渴了，渴坏了。”

“我也渴了！”雅克说，“我也想尝点樱桃，让我的舌头清凉清凉。”

“我也想润润嗓子，”路易丝说，“做黄油面包太累人了。”

于是，四个孩子围住了盛樱桃的瓦钵。

让娜说：“咱们坐下来吧，这样吃才舒服呢！”

他们越吃越带劲，越吃越想吃，很快就把一钵樱桃都吃完了。等到瓦钵空了，他们才惊慌地互相望着。

“樱桃没有了！”让娜说。

“大人会骂我们的！”亨里艾特说。

路易丝害怕了：“上帝，上帝啊！怎么办呢？”

雅克说：“让卡迪肖来救我们吧。”

路易丝说：“卡迪肖能干什么呢？卡迪肖再聪明也不能把

我们吃进肚里的樱桃再变出来呀！”

雅克说：“没问题。卡迪肖，我的好卡迪肖，你帮帮我们吧。我们的篮子空了，你想法儿把它装满吧！”

我一直站在这四个小馋猫旁边。雅克把空篮子伸到我鼻子底下，让我明白他的意思。我嗅了嗅，把篮子叼在嘴里，小跑着走了。

我来到厨房。早上我看见人们把一篮樱桃放在那里的。我放下空篮子，叼起那篮樱桃，一溜小跑着回来，放在孩子们中间。那几个孩子还愁眉苦脸地坐在那里，望着钵子里的樱桃梗和樱桃核发呆。

不知是谁第一个看见我，惊喜地喊了一声。接着，其他人也欢呼着围了上来，七嘴八舌地说话。

“是卡迪肖！是卡迪肖！”雅克大声说。

“安静点，”让娜对他说，“不然大人会知道我们把樱桃都吃了的。”

“没关系，知道也不怕，”雅克回答，“我还愿意对他们说说卡迪肖有多乖多机灵呢。”

说着，他就朝大人们跑去，述说我是怎样弥补他们犯的错误的。大人们不仅没有责骂四个孩子，反而表扬了雅克的诚实，也对我的聪明才智大大称赞了一番。

这时，奥古斯特已经为卡米尔生起了火，为伊丽莎白取来了木炭。卡米尔做好了她的摊鸡蛋；玛德莱娜也完成了她的奶酪；伊丽莎白在烤肋条肉；比埃尔在把牛肉切成薄片，准备往里面放调料；亨利不停地搅拌着苹果和土豆泥；雅克把草莓和奶油调成糊状；路易丝做了一堆黄油面包片；亨里艾特把满满一瓶糖锉成霜粒；让娜摘拣篮子里的樱桃；奥古斯特满头大汗、气喘吁吁地跑来跑去，拿餐具，取凉水来冰酒，把萝卜船、醋渍小黄瓜、沙丁鱼、油橄榄一样一样地摆上桌子，使桌子上丰盛起来。可是他忘记了拿盐，忘记了拿刀叉，而且发现玻璃杯不够用。他还看到盘子里、玻璃杯里掉进了许多金龟子和小飞虫。

等到一切准备完毕，卡米尔一拍额头。

“啊呀！”她说，“我们忘记了一件事。我们忘记请求妈妈，让她们答应我们在外面吃自己做的东西。”

“我们快跑，”孩子们喊道，“让奥古斯特看守这一桌饭菜。”

说完，他们就撒腿朝正屋奔去，一口气奔到大厅。爸爸妈妈们都坐在那里聊天呢。

看到孩子们气喘吁吁地拥了进来，小脸涨得通红，腰上都系着做菜用的围裙，活像一伙厨房小学徒，爸爸妈妈们都吃了一惊。

孩子们跑到自己的妈妈跟前，小嘴连珠炮似的请求她允许自己在外面吃午饭。起先妈妈不理解他们的意思，他们就一五一十地述说自己这一上午的劳动。终于妈妈们同意了！

孩子们赶紧再跑出来找奥古斯特和他们的午饭。咦，奥古斯特哪儿去了？

“奥古斯特！奥古斯特！”他们喊道。

“我在这里，我在这里！”听声音好像是从半空中传来的。

大家一抬头，看见了奥古斯特。他高高地攀在一棵大橡树上，正准备慢慢地滑下来。

“你爬到那么高的地方去干吗？你又想出了什么怪点子？”比埃尔和亨利问。

奥古斯特不说话，只管小心翼翼地从树上下来。

他到了地上，孩子们才发现他脸色煞白，浑身发抖。

玛德莱娜惊讶地问：“你爬到树上去干什么，奥古斯特？发生了什么事？”

奥古斯特说：“如果不是卡迪肖，我早就完蛋了，你们的午饭也泡汤了。我是为了逃命才爬到这棵大橡树上的。”

“到底是怎么回事，你快说吧，”比埃尔说，“卡迪肖怎样救了你的性命，保护了我们的午饭的？”

“我们坐到桌子旁边去，”卡米尔说，“一边吃一边听，我饿坏了。”

他们围着桌布坐在草地上。卡米尔端来摊鸡蛋，大家一尝，连说好吃；伊丽莎白端出肋条肉，味道也不坏，就是烧得有点太老了……食物一样接一样地上来，都做得不错，每个孩子为其他人上菜时也很周到。他们一边吃着，一边听奥古斯特叙述下面这个故事——

“你们刚一离开，我就看见农庄上的两条大狗朝这里跑来。它们是被这些食物的香气吸引过来的。我操起一根棍子，以为挥舞一下就能把狗吓跑。没想到狗看见肋条肉、摊鸡蛋、面包、黄油和冰淇淋，馋得什么都不顾了。它们没有被我的棍子吓跑，反而向我扑来。最大的那条狗要往我背上跳，我赶紧把棍子丢出去打它的头……”

“然后怎么样了？它跳到你背上了吗？”亨利问，“是不是围着你兜圈子？”

“没有，”奥古斯特有些脸红地说，“我把棍子丢了，手里什么武器也没有了。而且既然这两条狗要吃我，怎么反抗都没有用。”

“我理解，”亨利用带点嘲笑的口吻说，“所以你转身拔腿就跑？”

“我去找你们，”奥古斯特说，“这两个可恶的畜生追着我不放，就在这时，卡迪肖赶来救我，一口咬住那条大狗背上的皮，把狗叼起来晃来晃去，我就趁这个机会往树上爬。另一条狗朝我扑来，一口咬住我的衣服，如果不是卡迪肖过来把它赶跑，我就被它撕得粉碎了。卡迪肖又狠狠地咬了一口第一条狗，把它高高地抛起来。那条狗重重落到好几步远的地上，身上摔破了，流出了血。接着，卡迪肖又过来咬住那条咬我衣服下摆的狗的尾巴，一下就解救了我。它把狗拖到远处，又飞快地转过身，对它狠狠尥了一蹶子，那狗少说也得崩掉几颗牙。两条狗慌慌张张地夹着尾巴逃跑了，我正准备从树上下来，你们就回来了。”

听了奥古斯特的叙述，大家纷纷称赞我的勇敢机智，都走到我的身边，抚摸我，夸奖我。

“你们看到了吧，”雅克的眼睛闪烁着光芒，骄傲地说，“我的朋友卡迪肖又变得这么好了。我不知道你们爱不爱它，反正我永远永远都爱它。是不是，卡迪肖，我们永远都是好朋友，对吗？”

我欢叫两声，作为我最好的回答。孩子们都笑了起来。

他们回到桌边，继续吃午饭。玛德莱娜端出她做的奶酪。

“这奶酪真好吃。”雅克说。“再给我来一点儿。”路易丝说。“给我也来一点儿！”“给我也来一点儿！”亨里艾特和让娜说。

玛德莱娜见自己的奶酪这么受欢迎，心里美滋滋的。老实说，孩子们做的每一种食物都很不错，很快，每只盘子都见了底。

吃完饭，大家都抢着把碗和盘子抱到一只大木桶里去洗。这只木桶前一天夜里忘了收回去，接了不少雨水。

洗碗也很有趣，孩子们干得热火朝天，可是，没等他们洗完，上课的铃声响了，爸爸妈妈们都出来喊他们的孩子进去看书。孩子们央求说，再给一刻钟吧，把碗洗好、擦好、收拾好再上课。爸爸妈妈们同意了。一刻钟以后，所有的餐具都被搬回厨房，放到原处，孩子们心满意足地进去看书了。奥古斯特向大家说了再见，准备回家。

临走之前，奥古斯特叫着我的名字向我跑来。他站在我身边，一边抚摸我，一边说着感谢的话。他连说带比画，表达他的感激之情。我用理解的目光看着他，心里又感动，又快乐。我这才发现，奥古斯特不像我以前想的那么坏，那么讨厌。他并不恶毒，也不野蛮。他只是有点胆小，有点不机灵，可这也不能怪他呀。

过了这么些日子，我终于有机会为他做一件好事，弥补我对他犯下的过错。

16 小船

“上个星期那顿午饭吃得多有趣呀，”雅克说，“可惜我们不能每天都过那样的日子！”

“是啊，那天我们吃得多痛快呀！”路易丝说。

“我觉得最好吃的，”卡米尔说，“是苹果土豆沙拉和醋拌冻牛肉。”

“我知道为什么，”玛德莱娜说，“因为你妈妈平常总是不让你吃醋拌的东西。”

“很可能，”卡米尔咯咯笑着说，“不常吃的东西总是最好吃的。我本来就特别喜欢吃醋拌的东西。”

“今天我们玩些什么呢？”比埃尔说。

“对了，今天是我们做游戏的日子，”伊丽莎白说，“我们可以一直玩到晚上。”

亨利说：“我们到大池塘去钓一条鱼来用油煎着吃，怎么样？”

“好主意，”卡米尔说，“我们还可以多做一盘鱼，留着明天再吃。”

“我们怎么钓鱼呢？”玛德莱娜问。

“用网啊，”奥古斯特说，“用大人用的那种渔网。”

“那可难了，”亨利说，“爸爸说得先学会撒网。”

“这有什么难的！”奥古斯特说，“瞧你缩手缩脚的样子！不就是渔网嘛，我撒过十几二十次了，容易透了！”

“那你一定捕了好多鱼吧？”比埃尔问。

“我没有捕着鱼，”奥古斯特说，“我不是朝水里撒的。”

“怎么会呢？”亨利问，“那你朝哪里撒的？”

“朝草地上、泥地上撒，”奥古斯特说，“为了学会撒网呀！”

“这完全不是一回事呀，”比埃尔说，“我敢说，朝水里撒你肯定撒不好。”

“撒不好？你这么认为的？”奥古斯特说，“我到底撒得怎么样，你就等着瞧吧！渔网在院子里晾着呢，我去取。”

“别，求求你别去，奥古斯特，”比埃尔说，“如果你再出点什么事，爸爸会骂我的。”

奥古斯特生气了：“你以为我会出什么事？告诉你吧，在我们家，大人们整天用网捕鱼。我去了，你们等着，我一会儿就来。”

奥古斯特跑去了。比埃尔和亨利又生气又着急，很快奥古斯特就回来了，身后拖着一张大网。

“来啦，”说着，他把网往池塘里一撒，“看哪，鱼来了！”

他撒网的动作很老练。收网的时候，他很慢、很小心。

“快点拉！我们等不及了。”亨利说。

“不行，不行，”奥古斯特说，“收网一定要慢要轻，免得把网扯破了，而且我们不能让一条鱼逃走。”

他拉呀拉呀，终于把网都拉了上来，网里空空荡荡，一条鱼也没捕到。

“不算，”他说，“第一次不能算数。别灰心，咱们再来。”

他又撒了一次网，可是第二次和第一次一样，也是网中空空。

“我知道是怎么回事了，”奥古斯特说，“这里太靠岸边了，水不够深。我要坐小船到池塘中央去，那里开阔，我可以把网撒得很开。”

“不行，奥古斯特，”比埃尔说，“别坐小船去。你带着网，会被草藤和绳子缠住，掉到水里去的。”

“瞧你说什么傻话，像个两岁多的娃娃。”奥古斯特说，“看我的吧，我胆子比你大，你看着吧。”

说着，他就一步跳进船舱。船身左右摇晃个不停，奥古斯特虽然嘴里笑着，心里已经有些害怕了。我在一旁看着，知道他要做傻事了。

船身的摇晃使他感到很不自在，脚站不稳，手拿不稳，心里又害怕掉进水里。他哆哆嗦嗦地扬起网一撒，不想网没有撒进水里，却罩住了他的左肩。他一挣扎，船动得更厉害，结果扑通一声，他头朝下掉进了池塘。

随着奥古斯特落水时的一声尖叫，比埃尔和亨利也惊慌失措地大喊大叫起来。奥古斯特被网罩住，四肢动弹不得，没法儿游到岸边。他越挣扎，就被网缠得越紧。我看着他一点一点往下沉，不一会儿，就没了人影。比埃尔和亨利都不会游泳，救不了他。如果等到喊大人来，他一定早就淹死了。

事不宜迟，我立刻开始行动。我毫不迟疑地跳进水里，向奥古斯特游去。我扎进水底，因为他已经深深地沉了下去。我用牙齿咬住缠着他的渔网，转身朝岸边游，把他拖在身后。

我一直拖着他，走上陡峭的岸坡，还小心不让那些土包、树根、石块什么的伤着他。我把他一直拉到草地上才松开渔网。

他一动不动地躺着。

比埃尔和亨利吓得脸色煞白，浑身发抖，赶紧跑到他身

边，解开缠着他的渔网。渔网缠得很紧，解了好一会儿才解开。这时卡米尔和玛德莱娜也跑了过来，比埃尔叫她们去请大人来帮忙。

别的孩子远远地看见奥古斯特出了事，也都紧张地跑过来，帮着比埃尔和亨利擦干奥古斯特的脸和头发。正屋里的仆人也不敢怠慢，全都赶来，把昏迷不醒的奥古斯特抬走了。

孩子们留在原地，七嘴八舌地议论开了。

“卡迪肖真了不起！”雅克喊道，“是你救了奥古斯特呀！奋不顾身地往水里跳，需要多大的勇气啊！”

“就是！真了不起！”路易丝说，“它还潜到水里去叼奥古斯特呢！”

“卡迪肖还把他一直拖到草地上，动作可灵巧啦！”伊丽莎白说。

“可怜的卡迪肖！”雅克说，“你浑身都湿透了！”

“别碰它，雅克，”亨里艾特说，“它会把你的衣服弄湿的。瞧它浑身都在滚水珠。”

“我衣服弄湿一点儿怕什么，”雅克说着，伸出双臂搂住我的脖子，“卡迪肖都敢往水里跳呢。”

路易丝说：“你站在这里抱它，夸奖它，还不如把它牵到马厩里，给它铺上厚厚的稻草，再好好喂它一顿燕麦，让它暖暖身子，养养精力。”

“对，对，你说得对，”雅克说，“来吧，我的卡迪肖。”

我跟着雅克和路易丝走进马厩。两个孩子上上下下地替我擦身体，不一会儿就热得满头大汗。可是他们不肯休息，直到我全身都干了才住手。接着，亨里艾特和让娜给我梳理毛发，刷我的鬃毛和尾巴。等他们都忙完了，我从头到尾焕然一新。然后，我美美地、美美地咀嚼雅克和路易丝给我抱来的燕麦。

休息了一会儿，我走出来向正屋走去。远远地我就看见奥古斯特和朋友们一起坐在草地上，我心头一阵宽慰。他一看见我，就站起来走到我身旁，抚摸着我说道：“是它救了我。如果没有它，我早就没命了。卡迪肖咬住渔网拖我上岸的时候，我已经神志不清了。但它跳入水中扎进水底来救我的情景，我是看得很清楚的。我永远忘不了它对我的救命之恩。以后我每次来这里都要向卡迪肖问好。”

“你说得对，奥古斯特，”奶奶说，“如果一个人心地善良，他对动物也应该知道感恩。我也会永远记住卡迪肖为我们做的好事，将来不管发生什么，我都不会让它离开。”

“可是奶奶，”卡米尔说，“几个月前，您还想把它送到磨坊里去呢，它要是真去了磨坊，一定会受不少苦的。”

“是啊，我亲爱的孩子，”奶奶说，“我再也不会想把它送走了。不错，我是想过要这么做，因为它捉弄奥古斯特，还干了许多小坏事，弄得整个屋里的人都在告它的状。不过我当时心里决定，我要永远留着它，报答它以前的恩情。往后，我们不仅要把它留在这里，而且还要保证它过得幸福、快乐。”

魔法象故事森林·少年游

《蜻蜓池塘》ME001

〔英〕伊娃·伊博森／著　张小妹／绘　陈红杰／译

定价：34.80 元　出版：2016 年 1 月

成长并不意味着放弃个性。忠于内心，才能到达远方。

英国文学巨匠、卡内基文学奖提名奖得主伊娃·伊博森作品。

本书入选 2016 年 3 月新浪“微博童书榜”（7~14 岁年龄组 TOP3）

《手中都是星星》ME002

〔德〕拉菲克·沙米／著　么么鹿／绘　王洁／译

定价：29.80 元　出版：2016 年 1 月

献给每一个紧握梦想的孩子。

已被翻译为 18 种语言，在多个国家广为流传，2012 年维也纳市民共读图书。

入选 2016 年 3 月百道网“中国好书榜”（少儿类）

《谢谢你，山谷！》ME003

〔美〕尼基·洛夫廷／著　马岱姝／绘　朱菲／译

定价：29.80 元　出版：2016 年 1 月

致所有渴望被倾听的男孩女孩。

美国畅销儿童小说作家力作，倾听孩子内心，感受自然之力。

《无人知晓的心愿》ME004

〔美〕弗朗西丝·奥罗克·多维尔／著　么么鹿／绘　邸笑飞／译

定价：29.80 元　出版：2016 年 1 月

送给成长路上点亮我们生命的朋友。

美国埃德加·爱伦·坡最佳童书奖作者力作，为孩子演绎的友情之歌。

《秘密学校》ME041

〔美〕艾维／著　么么鹿／绘　陈宇飞／译

定价：26.80 元　出版：2016 年 5 月

做自己命运的主宰者。

美国纽伯瑞儿童文学奖得主艾维力作，“秘密”背后是孩子勇敢的尝试。

《莫吐儿传奇》ME042

〔俄〕肖洛姆－阿莱汉姆／著　陈伟　杨静／绘　姚以恩／译

定价：26.80 元　出版：2016 年 5 月

于困苦中生出勇气，于荒芜中开出花朵。

世界著名作家肖洛姆－阿莱汉姆逝世 100 周年纪念版，孩童的烂漫洋溢在朴素的故事中，使这部犹太平民之书格外天真可爱。

《驴子的回忆》ME043

〔法〕塞居尔夫人／著　子炎／绘　马爱农／译

定价：26.80 元　出版：2016 年 5 月

如果一头驴子能得到温柔的对待，它是绝不会凶的。

法国著名儿童文学作家塞居尔夫人的经典作品，一部有趣而发人深省的驴子回忆录。

《月光下的冒险》ME044

〔英〕玛丽昂·圣约翰·韦伯／著　李志宇／绘　孙昱／译

定价：26.80 元　出版：2016 年 5 月

相信童话，开启不可思议的奇幻之旅。

英国著名儿童文学作家玛丽昂的经典作品，一部儿童文学界的“世界名著”。